踏歌

李 云——主编

安徽省作协2020年
新入会会员作品选

经济日报出版社

图书在版编目（CIP）数据

踏歌：安徽省作协 2020 年新入会会员作品选 / 李云
主编. -- 北京：经济日报出版社, 2021.9
ISBN 978-7-5196-0930-6

Ⅰ.①踏… Ⅱ.①李… Ⅲ.①散文集–中国–当代②
诗集–中国–当代 Ⅳ.①I267②I227

中国版本图书馆 CIP 数据核字(2021)第 187680 号

踏歌：安徽省作协 2020 年新入会会员作品选

主　　编	李　云
责任编辑	王　含
责任校对	蒋　佳
出版发行	经济日报出版社
地　　址	北京市西城区白纸坊东街 2 号（邮政编码:100054）
电　　话	010-63567684（总编室）
	010-63584556　63567691（财经编辑部）
	010-63567687（企业与企业家史编辑部）
	010-63567683（经济与管理学术编辑部）
	010-63538621　63567692（发行部）
网　　址	www.edpbook.com.cn
E－mail	edpbook@126.com
经　　销	全国新华书店
印　　刷	成都兴怡包装装潢有限公司
开　　本	710mm×1000mm　1/16
印　　张	18.00
字　　数	270 千字
版　　次	2022 年 1 月第一版
印　　次	2022 年 1 月第一次印刷
书　　号	ISBN 978-7-5196-0930-6
定　　价	68.00 元

踏　歌

暮春，众香摇乱，满树青小。诸君毕集，商议年度会员作品集书名。

某君曰："前以《眺望》《绽放》，仍以二字为好。"

或曰"暗香"，或曰"荡漾"，或曰"微澜"，或曰"飞翔"。

某君笑曰："闻吴宓取名，闭目翻《康熙字典》，手摁一字曰'宓'，则名之——可以效法。莫如遍阅文题，取其中一篇名之，不亦宜乎？"

某君笑应："善！《论语》也如此，《诗经》也如此。我等古为今用，夫子称善必矣。"

众皆以为可。乃检索文题，无所适宜，而所见篇目涉及"桃花潭"较多，某君迟疑道："何不名之《踏歌》？"众皆拍案，以为妙绝。

夫踏歌者，且行且唱，行则踏地，有声有节；歌则随心，达意含情。身若风中之柳，心似高空之云，飘飘乎，渺渺乎，手舞之，足蹈之，自由放飞，刹那自我。人生得"踏歌"妙境，可谓善也，可谓至矣，夫复何求！

可独行而自乐，可结伴而群歌。可感怀而抒意，可留恋而送行，可长歌当哭以消块垒，可细雨和风以慰平生。必至诚而感动，必至性而动人，必舒展而率性，必得意而忘形。东夷酒会，踏地为节；太白将行，为君浩歌。逝者如彼，不舍昼夜；存者如斯，不废古今。可知为人岂可不洒然，为文岂可不由心？集名《踏歌》，其意殷殷，其心切切，能不知无不言，言无不尽乎？

纵观全书，得"踏歌"之精髓者也众，得"踏歌"之韵味者也多，得"踏歌"意态者也广，请试析之。

踏歌之精髓，在于特立独行，虽千万人吾往矣，虽千万人吾去矣。譬之以文，在文本，在思想，在陌生化，在艺术自觉，在"虽千万人吾殊矣"，在高度之辨识度。谢金陵散文《春天的花事》，搜来人间百花，而为我之情，我之意，一一点评，细细考量。其行文舒展，不疾不徐，如溪流淙淙，似云卷云舒，而其美则炫目，其香则馥郁，其姿则妖娆，其韵却凛冽，其情似绵绵，其意却果决。如佳人莳花，如老僧煮茶，似侠客事了拂衣去。

杨云散文《苹果》，摒弃外物，唯"我"独尊。"我"为人间之独一标本，"我"为人性之幽微存在。至情，故敏感，故丰盈；至性，故和盘托出，故一无所留。其文密密细细，氤氲如烟，绵绵如雨。写私事而共情，写个性而共性，以其直通人心幽微故也。文章所写多为少年心里戏，脑中有万般幻象，心中绕百转千回，无人可讲，无处诉说，乃鼓荡奔涌，腾挪辗转，俱化为文字汩汩而出。读之潸然，读之恻然。

踏歌之韵味，在于和谐，在于审美。比之以文，在语言，在意味，在不尽之思，在言外之意。诗人陆爱霞，其诗如秋阳，如秋风，有秋意。其冷峻也如此，其温暖也如此，其淡然也如此，其深情也如此，其欢欣也如此，其哀伤也如此。目光所投射，则剥物之外壳，软化其硬，抽象其实，蒸腾其意，窥破造物之心。

她写麻雀："它们一定觉察了低处的冷风/风声由近至远，至消失/而某个瞬间，那当中也有一两个认出了彼此……多么温暖的场景，但它们不会抱头痛哭/它们还没有学会将悲伤带离枝头。"她写浮萍："你经过她时/她在晃动/你离开，去了别处/她还在晃动/她有时是浮萍/有时是安静的云。"彼时神圣，彼时庄严，彼时诗人通灵至幽，齐物化一。

与其相似者，有苏米之《爱这时光的虚无》，有谢灵娟之《白湖柳》，有胡立森之《雪落或中年小结》，有方文娟之《在三水涧》。苏宁静而婉，谢苍茫而悲，方淡然而肃，胡典雅、密集而尖锐。皆以语言和意味，由有限而达无限，譬如鸟离芦苇，其影已逝，涟漪不断，苇秆悠悠。

鲁求平之《稻草屋》，植根于乡土，提炼于日常，以审美灌注，以诗意加持，以极具绘画性文字，勾勒渲染，而成风情画卷。描摹同样事物，徐累先之《一座"小木屋"》，则物为载体，引向农村之挽歌，有怀念，亦有希望。

踏歌之意态，在于形式，在于眉目。比之以文，在结构，在选材。本集取材甚为宽广，或乡村旧事，或亲朋之情，或游记，或杂感，或生活记事，或抒情，或格物，或描摹风物，或描写人物，庞杂纷繁，融汇大千。吴平《取暖器》摹绘留守老者，周玉福《天堂里没有撕裂的痛》状写和解拯救，袁牧《一担米的恩情》绽放人性光芒……

卷帙颇多，不能尽述。曹丕曰："盖文章，经国之大业，不朽之盛事。"人或哂笑，而为文者甘苦亲尝冷暖自知，不必分说。无文章，我何以知古人？无文章，后人何以知我辈？还当踏歌而行，以初心，以至情，以敬畏。

目录
CONTENTS

诗　歌

散 文

春天的花事

谢金陵

春天的花事一场赶着一场，前赴后继的，一往直前的，热烈而又决绝，从容而又迫切，把整个春天铺排得春情浩荡，妖娆万里。

蜡梅是春天的使者，初春中处处是它孤傲的身影，它灼灼地明丽着，睥睨着尚且料峭的寒风，把满枝的傲慢峭拔得肆意激荡。

迎春花是报春的小号，明黄色的小小碎花，缀满枝条，一条条倒垂下来，像披散着满头长发的美人，又像倒泻的黄色瀑布，炫目耀眼的明黄热心热肺，全无顾忌，把春天整个的端了出来，肆无忌惮、心无芥蒂地抛洒着热情，不给自己留一点后退的路径。

而杏花来得则诗意莹然。红唇般的花托小心翼翼地擎出美人的玉面，薄薄的五瓣白里，嫣红的花蕊如同美人额间的一颗红痣，我见犹怜般的，在春风里微微地颤抖着。杏花最适合长在水边，临水而自照，顾影而自怜。水的影衬着岸上的娇媚，让人禁忍不住心头的欢喜和震颤。

桃花春风笑十里，无论孤独一株，或是三五成邻，再或者浩荡成林。桃花总是喜气盈盈，笑意殷殷，灼灼的芳华是正鼓动的荷尔蒙，把春情激动得辗转不安，摇曳不定。桃花是少女，有着初怀春的心思，对一切都怀着美好的向往和期待，所有的梦想全部都是粉红，映红了面颊，映红了心。

而碧桃却有着烈女般的铮铮风骨，不像桃花的红那般轻浅，那般迷离，那般醉意醺然。桃花如果是初怀春心的小姑娘，心思尚且单纯，满眼尚且芬芳，充满了诗情的幻想和易于改变的风流。而碧桃却是坚贞且激烈的，它红便红得彻底，爱便爱得决绝，把一抹红全部送了出去，倘若你不接纳她的心意，转身就是抽刀断颈的尤三姐，把所有的热血和绝望留给春风里徒留浩叹的负心人。

油菜花是农家的姑娘，小巧，可人，热情，天真。虽然美，那美是朴素乡俗的，像簪着满头野花的小姑娘，扬起笑面，喜洋洋地对着你，让你也不自觉地微笑和快乐。它们在田野里像一条条美丽的裙裾旋转开来，单纯而又倔强的生命素朴得如同乡野里对你粲然而笑的野丫头。

梨花的白和杏花的白有很大的不同。杏花的白，带着诗意的莹润的灵动。在那洁净到近乎透明的纯白下，却又有一种沉淀着的粉润承托着，让这抹单纯而宁静的颜色不再轻飘和孤独。

梨花是轻而俏的纱衣，披在君子的身上，一定风采翩然，玉立亭亭。梨花做不得美人，即便是，必是缟素满身，神情凄凉，满身的忧郁之气。蕊间也有殷殷的一缕红，却红得迟疑，小心，不坚定，花谢之前，已经灰了心，淡了情，转而为黑黑的一点眉心。梨花是看破了红尘的女子，早就用纷纷的白为自己做好了回归的嫁衣。

梨花适合千枝万树连接在一起，把自己浩瀚出汹涌的白色海洋，舞蹈出连绵的波涛和骇浪。单薄孱弱的白不再如水汽般轻易消融，它们连绵成漫天的云朵，飞舞的雪花，浩浩汤汤，放眼无尽。只把这斑斓五彩的季节涤荡出冰清玉洁的美丽和通透。

海棠却是雍容沉着的，红，红得沉稳庄重。粉，粉得明媚欣然。是《红楼梦》中的元春，独领众芳，可敬又可亲。谁也看不出那端然灿烂之后的一点寂寞和伤悲。最繁华处，谁愿意看那清冷的花芯呢？海棠便把所有的心思都封裹在深处，只把浓墨淡彩倾倒给你看。优雅得富丽，高贵得亲切，抱一枝芳心而独得春心。

桃李的花事虽然已经结束，田野里的花事却正纷繁。荠菜摇着细小微白的花，打碗花捂住欲绽还羞的脸，猫儿眼盘成莲心状的圆盘，蓟草正在鼓蕾，花苞包裹得紧密严实，锯齿般的叶片防范谨严。

婆婆纳从来都是喜笑颜开，仿佛爱闹爱笑的小姑娘，一不小心跌进深密的绿色重围中，笑得眼睛眯起来，笑靥鼓起来，满眼都是它那淡蓝若紫的细碎欢乐。

四季轮回中，没有比春天更妖娆妩媚的季节，也没有比春节更残酷无情的时光。杏花败，桃花开；桃花凋，梨花艳；而在梨花见雨落地纷纷时，海棠在明媚春光中端然盛放……

一场花事追赶一场花事，一场花开追逐又一场花开。乱哄哄你方唱罢我登场，把春天涂抹得绚烂热闹，激烈动荡，到最终茫茫一片落红碎英扑地。开得义无反顾，落得恋恋不舍。

花期的短促让盛放的美更显触目惊心，虽非昙花一瞬，但在整个生命的过程中，绽开的花期只是短短几天，短得让人心疼，让人不胜惶恐。

在春日里一浪盖过一浪的花开里，一次完毕的花事是一场谢幕的春梦。炫目的黄，夭夭的粉，浓浓的红，深深的紫，纯纯的白……缤纷的色彩是对生命最绮丽贵重的祈盼，把所有诚挚浓烈的心意全都喷溅了出来。

春天是肆意激昂的青春，无所畏惧，无所顾忌，极尽能事，极尽铺排，就那样一路喧嚣着，响锣重鼓着，就那样一路雀跃着，欢喜着，顾盼着，一头扎进这滚滚红尘之中。它把人间酿成一缸浓烈的酒，一场浩大繁华的梦，人便醺醺然醉了，痴了，恍惚了。

行走在这如梦如幻的短暂春光里，心头也有着最绮丽珍贵的期待，托出人生最初的那抹殷红或纯白，历尽了四季辗转轮回，在时光中，淡然沉稳成最长情的绿意。

春不常在，而心头的春天永远繁华若锦……

作者简介：

谢金陵，女，宿州作家协会会员，喜欢文学，业余创作。文学作品散见《福建文学》《厦门文学》《辽河文学》《安徽作家》。

苹　果

杨　云

那是很多年前的某个上午的最后一节课，放学之前，老师说，同学们，明天我们每个人都要从家里带一个苹果过来，因为咱们要上一节公开课，叫"说苹果"。

什么是公开课？我不知道。我是个乡下娃。我只需要知道明天上午要带苹果来上学就行了。

一星期前刚交过学费。那天课间，同学们围在一起嬉笑打闹，我还记得吴凤妹瘪着嘴委屈的样子，她说，我妈为了给我们交学费，家里现在连买菜的钱都没有了。同学们哄堂大笑，我不知道他们为什么笑，但是如果我不笑的话，那我岂不就跟吴凤妹一样，应该被大伙笑了？所以我也笑了。中午回家我把这件事讲给我妈听，她正在和面，听后她的腰就开始痛起来，她直起身，看着我说，人家只是现在没有了买菜的钱，可我们早就没有了买菜的钱，学费全都是借的……

那些学费她借了很多天，跑了很多家才弄到的，先是打算给妹妹交，结果被我闹得没有办法，拿着棍子把我赶去学校，然后回到家里，趴在床上大哭。这些我都忘了吗？我为什么要笑呢？我看到了自己隐藏的、自己都不愿意用心光去探照的小小的毒，就像一条细细的竹叶青，或一枚小小的毒红果。我讨厌这样的自己。我想起交过学费之后，我们一家又开始每天喝难喝的面疙瘩茶。家里早就没有米下锅了，就用面粉掺着水，搅拌成疙瘩状下在开水里，就着外婆给的咸菜，一日三餐。让你笑人家！让你恶毒！这就是对你的惩罚！我背地里恶狠狠地咒骂自己。

那只是我的心里戏，一个贫家女孩成长中的坎坎坷坷，它在阳光照不到的地方慢慢完成，就像一粒新芽，沐浴阳光却往往在深夜里萌发，完成成长需要的隐私和修复。可是现在，我必须要一颗苹果，它必须又大又圆，朝光的一面熠熠生辉，背光的一面有圆润的阴影，而香气如月夜里的琴声一般，悠远、甜蜜而安静。

我必须要有一颗苹果！真实的苹果，而不是可以通过想象反复修改的苹果，不需要描述的苹果，别人一眼就能看见且瞪大眼睛发出"啊"的赞叹的苹果。

我的老师是那么的喜欢我，当着全班同学的面读我的作文。我写的熊猫，仿佛把同学们都邀请到了动物园；我用"身临其境"造句：爸爸从黄山回来，给我讲那里的云海怪石，使我觉得身临其境。我用文字和想象把我的家庭和生活虚构得如此富丽美好，这样的我，怎么可能会没有一颗苹果呢？

是的，不是"一个"苹果，而是以"一颗"。你要知道，"颗"是多么珍贵！

明天的课堂上，我要用最红彤彤的语言，把它们的颜色描述出来；用酸酸甜甜的句子，把它的味道送进每个听课师生的嘴里。

下午放学，平时寂寞的苹果摊子前，就那样热闹起来了，那么多的大人被孩子们一一告知，给他们挑选明天上课要用的苹果。"苹果王子""跳跳的苹果""苹果房子"，它们纷纷从童话世界里跑出来。我看到它们就那样的热闹起来。

而我的妈妈，又生病住进了医院，今天是第三天了，外婆在陪着。奶奶留下看家，看我们四个小孩。爷爷比妈妈更像个病人，每天都有使不完的怒气，不是打东西，就是打我们。爸爸，爸爸从来都只是个称呼……

我站在他们之外，斜挎着书包，望着他们的方向，夕阳把我的影子拉得又瘦又长，送到那一堆苹果上，让我成为他们之中虚拟的顾客。我成了吹竽的南郭先生。我在夕阳下张开胳膊，大大地，大大地张开，我清晰地看到我揽住了整摊的苹果，可是，却没有办法把一个苹果抱到怀里来，哪怕就是那个让白雪公主中毒的坏苹果都不能够拥有。那些红彤彤的苹果，它们的光，是多么寂寞啊。

"奶奶，明天我不想去上学了。"家里，奶奶正在做饭。

我坐到灶前，偏着头，把自己从书包带子里掏出来："奶奶，明天我不想去上学了。"我又说了一遍，我想让奶奶听清楚一些，然后好好问问我，怎么不去上学了啊，怎么可能不去上学呢？

"知道了！"

奶奶正在从口袋里舀出面，掺上水，拌着面疙瘩，墙上被火光映着的影子，手忙脚乱。

那些红彤彤的苹果，它们就都爬上了我的脸。它们滚烫，它们都是燃烧的火球，它们就像通红的铁球，哧哧的响。我被烧红了，烧热了，烧糊涂了，但是我却没有被烧成灰，竟然烧出一串串眼泪来。我用语言描述的幻象在心里坍塌，它们的坍塌声就像在哄堂大笑，它们装扮成苹果的洪流朝远方滚去，一地的汁水顷刻间酸成酸菜暗黄的浆水，苦、涩、酸。我忽然明白，心比比干多一窍在坚硬干枯的现实中，并不能给自己引入甜蜜的河流，而疲于生存的枝干，很难产生开花的念头。奶奶并不在意我去不去上学，更不会去追问原因，我设置的剧情隐藏在暗黑的舞台上，等着永远不会出现的对白。浩大的绝望笼盖了我，就像洪水漫过滩涂，就像野烟覆过荒原。它们绵延弥漫，几乎漫过了我的一生，直到今天，直到丰衣足食的今天。

那天，我幻想着一个个苹果缀在寻常的枝丫上，它们世俗而甜蜜，它们不需要我的描述，不需要我反复地修改就那么恣意地香着。它们朝阳的一面熠熠生辉，背阴的一面有着圆润的阴影。我幻想的真实终究还是幻想，我听见它们说：你看我们多么香甜，多么美好，多么寂寞啊！

第二天我到底有没有去上学？我已经不记得了。我所记得的是，我在心里给自己种了一园子的苹果。我在园子里搭了一间小屋，等着它们开花。我在苹果开花的夜里做梦，梦见花全被风雨打落。我梦见自己告诉自己，这是梦，其实花开得像一园子的雪。我梦见自己狠狠地告诉园子里的自己，这不是梦，这是真的。我看着她哭，她哭得越悲伤我就越心痛，越心痛就越自怜。我陷入了镜子对照成像的无休无止中，就这样，我在苹果园里慢慢长大了。就这样，直到今天，我依然还在苹果园里。

作者简介：

楊云，女，1983 年生，爱好文学，尤爱散文。

足尖上的风景

——古徽道抒怀

张　红

在古老的徽州大地上，重重叠叠的大山深处藏着无数条长长短短的古道，统称为古徽道。这些青石板铺成的古徽道虽然没有茶马古道和丝绸之路声名显赫，但大多依山就势、沿溪傍水而建，五里一亭、十里一庙，途中或森林茂密，或流水淙淙，或奇峰峥嵘，蜿蜒迤逦，与徽风同在，与徽韵相随，与遥远的徽文化相伴，苍茫悠远，沧桑绵延。

初冬的日子，山风有些许的冷，游走在或长或短、或宽或窄的古徽道上，昔日繁华不在，古道已显沧桑落寞，那些古老的秘密早已藏进古道边的草丛，藏在道旁石头的累累苔痕里。踩着古人的足迹，感受古徽道凝聚在时间里的力量与智慧，想象着几把铁锤、几根铁凿，千锤百炼，一双双布满老茧的大手破石扎根、凿石成路。"青山不墨千秋画，流水无弦万古琴"，这一条条的古道就是大地上的琴弦，轻轻一拨便响起千年的回音，被拂过的风反复吟咏，徽文化的音响在山谷里荡漾。一级压一级的青石板，或首尾衔接，或层层叠放，似构图饱满的山水卷轴，古徽道是卷轴里的墨线，墨线的起伏灵动和山峦的绵延回环，让这幅图画有了诗的韵律，走一步平平，迈一阶仄仄，诗情画意随着脚步跳动；青石板上的刻纹是解读古徽道千年故事的密码，历史的隐秘和生活的窖藏从这里打开，你可以穿越千百年与历史对话。

一路走来一路故事，多少传奇印刻在青石板上：有异乡难以割舍的爱情，有徽州儿女千里思乡的眼泪，有朝圣者无限的虔诚，有文人墨客淡泊红尘的诗路隐游，有追求仕途功名的赶考书生，有肩挑背驮的客贾小贩……悠悠千余年时光，古道承载着万户千家的喜怒哀乐，她像一根通古达今的敏感神经，又像一幅民族引以为傲的图腾。融情于自然，寄思于石阶。每一条古道都写满了诗词，那盘旋而落的红叶是彩色的诗，道旁笔直的杉树是伟岸的诗，山间跳跃的长尾巴松鼠是灵动的诗，绿意满山的茶园是芬芳的诗，阳光洒在山坡上当然也是明媚的诗了。还有，春天斜风细雨，夏日浓郁树荫，秋日金黄松毛铺满石阶，冬日寂静落日浸染层林，那是一组清丽而又磅礴的组诗。走在古徽道，走着走着，此刻你的心境也成为一首诗，你与古徽道相依相偎的身影，便成了这首长诗的韵脚与注解。溪水伴着古道，或沿途潺潺而下，或远闻其声而不见其形，峰回路转处，它又欢笑在你的面前奔跑，山势陡峭处，山泉跌落无影，一如古道上的往事和无常。

古徽道总是绕不开茶。一方水土养一方人，山民的祖先为后代留下了赖以生存并繁衍生息的宝贵财富——茶。一代又一代的大山子民与大山相依相存，人种下茶，茶养育人，带着泥土的芬芳，茶已成为每一个家庭重要的经济来源。路因茶而生，一条条古徽道演绎着茶与远方的故事，有的人也许一辈子也走不出山的半径，但他知道远方，因为茶香给予了他道路的方向。路的这头，是安放心灵的家园；路的那头，是商贾云集的茶肆。千重山万重水，古道让这份大自然的馈赠走出大山，"可停亭"里一场场临别的依依相望，一次次相送的不舍身影，一阵阵笃笃的马蹄声远，便成了古徽道的一个缩影。

遥远而陡峭的古道，每寸都是用汗水和泪水浸透过的，"几家欢笑几家愁"是古徽道的生动见证。茶香带着期盼，飘在赶路人的肩上，这片叶子也在远方人的期待中翻山越岭，他们的灵魂需要在这片叶子中安顿下来，在茶香里反刍山里的故事。今人不见古时月，今月曾经照古人。在现代人眼里，古道是诗词书画、风花雪月，然而，这些"阳光之道"大多绵延在崇山峻岭中，深沟巨壑相随，有风光旖旎，更有天低云暗、电闪雷鸣，赶路人披星戴月的不易，风餐露宿的辛苦，肩挑背驮的艰难，万丈悬崖的惊险，虎狼之口的恐惧，都是古徽道绚丽篇章的诡异而艰辛的另卷。在徽商古道上，有一段开凿在悬崖峭壁之上的台阶，被户外爱好者称之为最有魅力的一段。只见古道盘旋于山崖，一侧峰插云霄，另一侧深临峡谷，宽窄只容一人过身，可谓一阶一滴汗，一步一喘息。如果马帮在此不幸相遇，连转身后退的机会都没有，一场血雨腥风便在所难免，这么想着，千百年前的刀光剑影仿佛历历在目。一块块青石板，泛着青幽幽的古风古韵，默默地诉说着过往，见证着当年人们挑茶出山的历史。

世上本无路，走的人多了便就有了路。徽杭古道、徽安古道、徽池古道，每一条古徽道都缘起于人们的生产生活所需，厚植于当地的经济、文化和社会的发展，记录着丰富的民俗、传奇的经典；每一条古徽道，都岔出许多条小道，沿途又延伸出更多的支线，古徽道相互联络、交织成网，渐渐地形成了一条四通八达的古道网，绵延起伏在古徽州的山里山外，将古徽州大地紧密联结。古道网上的交叉点是无数的村庄、桥梁、驿站、道亭。恍惚间，古道路网不断放大……放大，竟然成了当代的公路网、城市路网、高速路网……古道上的村庄变成了繁华的集镇、都市。一条条高速公路似巨龙穿山越岭，横跨平原，又像一条条银色丝带缠绕着翡翠般的山峦。其实，古人是极富想象力的，所谓"朝辞白帝彩云间，千里江陵一日还，两岸猿声啼不住，轻舟已过万重山"，说的不过是如今高速的场景吧。高速上，急速行驶的车辆如一道道闪电划过，以奔驰的速度托起了梦想与希望。

在现代文明的涤荡下，一条条古徽道逐渐湮没在历史的尘埃中。随着社会的发展，旅游业蓬勃兴起，在时光和人世的浮沉里，古徽道仿若一幅舒展的历史长卷，再现了它的历史价值、文化价值、社会价值和旅游价值，成为人们寄托浪漫与思念的地方。人的一辈子，要走许多路，有没有一条路令你难以忘怀？那么就到古徽道上走一走吧，用脚步丈量长长的古徽道，感受足尖上的风景；采一片茶芽慢慢咀嚼，感受人与自然的和谐相处；寄情参天古木、离离芳草，将乡愁跌落石阶；还可以负重前行体验一把当年的艰辛与刺激，发一发思古之幽情。总之，古徽道的古蕴古色值得你走进它、了解它、亲近它。走过古徽道，体悟过古徽道的人，你可以自豪地这样说：因为有了古徽道的磨砺，你还怕世上哪条崎岖之道的险阻呢？路在足下，风景永远在前方。

择一日，择一古道，择几好友，出发吧！

作者简介：

张红，池州市青阳县政协常委、文旅文史专委会主任。

稻草屋

鲁求平

国画不宜现代高楼，却甚合稻草屋，甚合回忆之用。

儿时，门前有条小河，河水静静地流淌，河堤不高也不宽。草屋傍河而建，人字形的梁架，厚厚的稻草顶。土墙裂缝，不高，弹跳好的小青年，都不用梯子，起个势子就能跃上屋檐，然后，轻轻一弹又飘然而下，时称"轻功"。落到地面那骄傲的神情，就像真学会了一套绝世神功。

"不是轻功，是轻狂！"那边，主人见到屋檐口稻草上两个脚印，大声地呵斥着，"踩漏雨，我就搬到你家去住！"

那时候麻雀特别多，成群结队地飞起飞落，一年到头，在屋檐底下叽叽喳喳地叫个不停。春夏之季，它们相互追逐，打情骂俏，有了感觉，就在屋檐下营巢做窝繁殖，没过多久，一群幼鸟接着叽喳。秋初，晒场上，它们集体偷袭新收的稻谷，齐飞齐落，毛孩子们就负责驱赶。冬天，它们要消停一些，但不时地钻进屋顶上的稻草里觅食，新盖的稻草上趴着侥幸逃脱的秕谷，被它们搜寻殆尽。

毛孩子们对麻雀早不耐烦了，心生歹念已久。找一条板凳站上去，手伸进屋檐下的麻雀窝里，掏出来的麻雀蛋，斑斑白白的，运气好，绕草屋一圈，几十个麻雀蛋不费吹灰之力。那边，麻雀爸妈们不干了，四处翻飞，叫声冲天响，有的直接往毛孩子身上撞，拼了命似的，但毛孩子们哪管这些，在那个物资匮乏的年代，几十个麻雀蛋打成一碗，中午就是一顿美肴。也有的清煮，揣到兜里，也是不错的牙祭。

夏天到了，天气像毛孩子的脸，说变就变，刚才还是阳光刺眼，很快乌云密布，狂风骤起。趴在河堤边上的草屋在风中颤抖着，屋檐口的稻草扯直了飞。彼时，草屋的大后门要紧闭，不然会有被掀翻的危险。毛孩子们缩在家里，瞪着大眼睛，隔着窗户惊恐地瞅着外面风雨大作。很快，开始漏雨了，屋子成了水帘洞，"床头屋漏无干处，雨脚如麻未断绝"，家里的大盆小盆很快就派上了用场。

如是深秋的夜晚，屋外狂风起，飒飒带哨声，那就是一个不眠之夜。父亲会起床到外面查看，怕草顶被风掀掉，希望快点下雨，浸湿后的稻草，风难以吹动。过了好一会儿，父亲回到屋里，手里捏着一支烟，满脸轻松地说，西北风，没事，隔壁大妈家的那棵大柳树把风全挡住了，可睡在床上的母亲依然不踏实……

冬闲了，选一个晴好天气，父亲决定要换屋顶的稻草了。经过一年的风吹雨淋日晒，稻草颜色枯黑，又干又脆，像抽去精气的树叶，它已经完成了使命。父亲将新鲜的稻草扎成捆，和哥哥一道爬到屋顶，两人要忙活一整天，新铺的稻草黄澄澄的，像冬日暖阳，嗅一口，满满的稻谷香。铺好后，还要用草绕子密密匝匝地拉起来，像给屋顶加一层防护罩。

挡风遮雨的防护罩却防不了火。那是一个冬天的晚上，隔壁老爹爹家不幸发生火灾，先是从东头灶屋烧起来的，火头很快把屋顶的稻草点着。长时间不下雨，稻草干燥易燃，见到火苗就像猫儿见到老鼠一般兴奋。不一会儿，整个屋顶陷入一片火海，泼上去一点水丝毫不起作用，让人想起那个丧气的成语：杯水车薪。我家的房子紧靠西边，当火势向西蔓延时，父亲已经吓得面如土色，早早把两床浸满水的棉絮铺在人字形的屋檐上面，却依然放心不下，拿着水桶却跪在地上，祈求救火的村民将水泼到我家的屋顶上。

隔壁大奶奶的哭泣声持续一夜，第二天早上火光依然红亮，大爹爹家的房子只剩下烤得焦黑的土墙，我家屋顶上的两床棉絮早冻成冰块，铁一般硬……

终于，一场肥雪倒下来了，世界一片银装素裹。屋檐下的冰凌粗的像树棍，细的像手指，都直溜溜向下，似万箭齐发。屋顶上雪厚厚地覆盖着，蓬松松的，阳光下，碎银一般闪亮，远远看去，像极了一个个白色大蘑菇，孩子们从蘑菇里跳出来，来到一个洁白的童话世界。

20世纪80年代中期，我家房子盖上瓦，夜晚睡觉再也不用担心稻草被风掀走了。90年代，土墙被砖墙替代了。现在，村子里的变化更是翻天覆地，多层小楼、欧式别墅比比皆是，很多年轻人还走出乡村走进城市，住进高楼大厦。"安得广厦千万间，大庇天下寒士俱欢颜。"千年前诗圣忧国忧民的疾呼化成了欢歌一片。

前几日，大雪纷飞，朋友发来一组照片，度假村里，草房子星星点点地建在山前溪畔，白雪，大蘑菇，昏黄的灯光，梦幻一般。但那不是我的梦，我的梦里依然是30多年前的稻草屋，那里有我的童年，那里藏着那一段辛酸而温馨欢乐的岁月。它像一条清澈安静的河流，在我心里夜夜流淌。

作者简介：

鲁求平，男，安徽无为人。芜湖市作家协会会员，无为市三溪初中教师。散文集《奔跑如风》由时代文艺出版社出版。

粑叶子粑

聂玲慧

　　三婶娘高举连枷打麦子的时候，散学回家的我就会猛然想起端午节快要来了。吃小麦粑、吃咸鸭蛋和粽子的端午节，就快到来了。

　　那些从地里收割回来的麦子，齐整整地摆在稻场上。三婶娘斜侧着身子，站在麦子的正中央，双手一前一后，紧紧地握着连枷向下猛砸。"啪""啪啪"，伴着仪式感极强的节奏，一粒粒麦子就脱落下来，她们颗粒饱满，身材圆润。

　　家在皖西南的我们，三分水田七分山场，没有过多的田地种稻子，麦子是山地里放养的牛羊。她们吸吮过山民自配的有机肥料，呼吸过山野的寒风，在雪棉被的关照下酣眠半个冬天，一场接一场的春风，撩拨起她们的心事，她们齐崭崭地站直身姿，以天为背景，以地为舞台，嘹亮着春天的颂歌。终而，在那个叫芒种的时刻，用金黄镶涂嫁前的仪仗。

　　三婶娘将麦秆子拢在一边，又用大扫帚把打下来的麦粒扫在一起，再用筛子筛两遍，抛去灰尘沙子，随后用椭箩装好到河边清洗。清洗干净了，就倒进晒箕里，晒上三五天后，才装进蛇皮袋里收好。等到一个响晴的晌午，三婶娘用升子量了十几升麦子，叫三伯用自行车驮着去电磨厂磨粉。刚磨出来的小麦粉，清香中混合了野草味，说不出的爽朗。

　　小麦粑离不开小麦，这是人人都知道的，可很多外地人不知道的是，小麦粑离不开粑叶子。这是从一种叫粑叶树的身上采摘下来的。我是没有见过这种树，从三伯的话里，我只知道这种树很高很高，笔直的树干、青色的树皮，每次都是他从三里以外的山坳里采回来一大捆粑叶，其中的一半连带着半袋子麦粉，齐齐地进了我家门口，因为我家有两个小馋娃。

母亲把粑叶子小心地用水清洗干净，一片片叠好，等它们自然的风干。那扇形的叶面上，水顺着尖端的角流下来的刹那，似乎有缕缕清香在释放。

做粑的基本素材具备好了。第二天一大早，母亲就起身将粑球用水和开。粑球，更多的时候我们喊她"粑娘子"，是类似于北方蒸馒头前使用的老面。每年母亲都会早早备下，晒干放在碗柜里的高处收好。等到粑娘子色泽均匀后，倒入磨好的小麦粉，一边和，一边加水。麦粉一点点地被润湿，伴随着母亲不断地搓揉而成一团韧劲十足的面团，再加入适量的糖，继续卖力地捏揉搓。

和好的面粉随后被搁置在那自然发酵，我们这叫"发面"。面发得好，小麦粑吃起来才有嚼劲，微微清香里夹杂着丝丝甜意，越嚼越香。面若发得不好，泛酸，板筋便成了小麦粑的最后模样。所以，母亲隔上半个小时便会用手去捏一捏，再用鼻子嗅一嗅。

终于，面团发好了，母亲拿来蒸粑用的粑篮子，一个个剪好的粑叶子摆齐，将面团一截一截扯到手上搓成椭圆的薄片，放在粑叶子上。等篮子装满了，就放进锅里用大火蒸。不到一刻钟，满屋子的香气顺着烟囱缭绕出去，整个村组都知晓谁家在做小麦粑。

心急吃不得小麦粑。温度高了，烫嘴，温度低了，没有松软的嚼劲。我总是等粑面的热气散开，才用手捏着扯下一块放进嘴里。一口嚼下去，我恍惚看到麦苗在春天摇摆，感受到她们贪婪地吮吸雨水，感受到阳光流进她们的脉络，感受到她们灌浆、凝实，满怀娇羞的心思，这些感受纷至沓来，难以言说，小麦粑就在我恍惚迷离中吃完了。

"莫吃光了，第一锅，要给你三婶娘家送去。"

看着我又忍不住伸出去的"小爪子"，母亲嗔道。

那时的乡村，虽然贫瘠，却有着浓浓的人情味。除了三婶娘家，东家给几个，西家给几个，很是正常，剩下来的并不多。不过，不用担心，过不了一天，李伯伯家会送来他家的小麦粑，王婆婆甚至会多拿几个鸭蛋塞进我和妹妹的手里。

端午的诗意，在小麦粑的"礼尚往来"里，表达得淋漓尽致。

而今，连枷，延续了近千年的连枷，在时间的洪流中荡去了她的身影；麦子，在一片机声隆隆里颗粒归仓。三婶娘家的麦田，改种了茶叶，我们的小麦粑，从菜市买来的居多。"粑叶子粑，假的吧，还能搞得到粑叶子？"三伯狐疑地问我。岁月在他的脸颊刻过，清晰的鱼尾纹拉出昂扬向上的抛物线。"这一次是真的，黄泥那姑娘，在家门口种了三棵粑叶树，专门做粑叶子粑、毛香粑，还在网上卖，生意好得很。"我得意地朝着他耳边喊道。在半信半疑中，三伯拿起一块粑，放在鼻子尖使劲地闻，眼神却渐渐恍惚，他一定看到几十年前的粑叶树，看到光斑烁烁的密叶中年轻的自己。

作者简介：

聂玲慧，女，1985 年 2 月生，安徽潜山人。现任潜山市图书馆副馆长职务。创作《好可爱的石头》《叶落归根，山水相依》等作品先后在《光明日报》《安徽日报》等报刊刊登，《那方消逝的地址》荣获安徽省金穗文学奖三等奖。

一座"小木屋"

徐累先

　　这是一座古老的"小木屋"。用"古老"来形容这座小木屋，似乎煽情了，因为它既没有高耸的马头墙，也没有精妙绝伦的雕梁画栋，更谈不上历史遗存，但我还是毅然决然地给它冠以"古老"这个形容词，因为村子里大大小小的建筑，都超不过它的年岁。

　　本来有一住户的"房龄"在它之上，屋主人是一个残疾人，几十年来，一家人蜜蜂一样"窝居"在祖辈留下的砖瓦房里，日出而作，日落而息，在楼房如雨后春笋般拔地而起的村庄日渐成为一个另类。近些年，党的扶贫政策惠及千家万户，在扶贫工作组的强力干预下，三下五除二，就让这座老房子成了一堆瓦砾，取而代之的是两层漂亮的小洋楼。于是，这座小木屋，理所当然地成了村庄建筑界的"翘楚"。

　　这座小木屋原本是一间窝棚，供村里人看管玉米地用的，后来，一条公路横穿过这片玉米地，一座座新房纽扣一样高低错落地钉到公路两边，小木屋也就慢慢闲置下来。

　　分田到户时，这间小木屋顺理成章地归属到玉米地主人的名下。因为小木屋正对着马路，马路上人来人往，于是精明的屋主人就把小木屋改建成一座三开间的砖瓦房，干起了开店的营生。但它的名字没有变，村里人还是习惯了叫它"小木屋"。就像我的乳名，半个世纪了，还被长辈们"小先、小先"地叫着，顺口，一个村子里的人都懂。茶余饭后，或是雨天，人们踱着方步，互相打招呼，"到小木屋买东西啊？""到小木屋打两牌？"不过，这么多年过去，不知道村里人有没有改变这个亲切的称谓。

随着农村人口的外迁，村庄渐渐冷寂下来。屋主人因为生意不好，像撂荒田地一样，把小木屋撂到一边，任其风吹雨打，到外地谋生去了。听说，收入颇丰。就在年前，萌生了拆除小木屋的念头，后被人劝止："也不找你要饭吃，拆了它干嘛？"小木屋得以死里逃生。

日复一日，年复一年，村庄里的人来来去去，生生死死，就像被水洇湿过的白纸，慢慢改变了它的底色。我清楚地记得，我们生产队最高峰时有二十四户人家。那天回乡上腊坟，我问到生产队的户数时，队长仿佛做错了什么事，搓着手，苦笑着说，"还像以前啊？现在紧打紧的算，只有十八户人家了。"我若有所思，有几户人家无儿无女，后继无人；有几个当年的单身汉，外出打工，走南闯北，起先还有音讯，后来，渐渐失去联络，几十年了，行云一样不知所踪；还有几户人家搬到城里去了。于是，曾经热闹的村庄渐渐冷落下来。村庄里长满了野草，你甚至找不到一条曾经光溜的石板路。

这个时节，本该热闹的村庄一反常态，安静得很，除了山坡上零星的鞭炮声以外，只有空气在改头换面的村落里悠闲游走，曾经乱窜在村路上的家禽家畜像被蒸发了一样。我突然有一种窒息的感觉，从村头走到村尾，试图拜望几个儿时的玩伴，却因为疫情的原因，他们在远方停滞了归家的脚步，大门紧闭，"小扣柴扉久不开"。零零散散冒出几个熟悉的身影，都已经老得不成样子，用粗重的方言和我打招呼，偶尔迎面走来一个孩童，不再有"儿童相见不相识，笑问客从何处来"的灵动，而是低头玩自己的游戏，或箭一般地转身而去。我叹了一口气，是我抛弃了村庄，还是村庄抛弃了我？似乎都不是，而是时间这把利刃切割了我和故乡的血脉联系，我和过去的联系。

翻过几道弯，跨过几座桥，老远就望到这座小木屋，站在村口的高岗上，旁边一棵高大的刺槐树，也有些年头了，枝干上创痕斑斑，它们像一对弓腰驼背的独居老人，夕阳下，面无表情地坚守着最后的岁月。

这些年来，一不小心就听到一个坏消息，潍城走了，带成走了，张虎患上了坏毛病，一浪一浪地袭击着这座原本就脆弱不堪的村庄，庆幸的是这座小木屋和它旁边的刺槐树却一直健康地挺立在村头。现在，走到小木屋边，我都会不自觉地停下脚步，仔细张望，三开间的平房，斑驳的石灰间露出灰色的砖头，房子上盘的椽子、桁条都结结实实，完好无损。因为久未开门的缘故，从窗口泄出的冷气凉飕飕的，叫人不寒而栗。

在故人日渐稀落的村庄，小木屋已然成了我的故人。伫立在小木屋前，我又想起了过去的事，想起了过去的人，小木屋似乎有了回应，在风中摇晃了一下身子，憨憨地笑着，"我知道，我知道。"

作者简介：

徐累先，男，1968年生，中学教师，安徽省作家协会会员，安徽省散文随笔学会会员，贵池区作协秘书长。迄今为止，在报纸杂志上发表小说、散文、诗歌等文学作品计40万字，获奖20余次。

取暖器

吴 平

陪妻子回娘家。大舅哥打来电话，说，去年腊月我给老人家买了一个取暖器，你们回家的时候告诉老娘，别舍不得用，电费我都帮她缴过了，另外，要让她注意用电安全。

九点出门，城市公交转城际大巴再转乡村公交，然后步行六里路，下午一点钟，我们终于到了与六安一河之隔的岳母家。

八十五岁的岳母一个人正在厨房里忙着做饭，见我们回来，眯着双眼，高兴地问这问那。

岳父十多年前因病去世，大舅哥也曾把岳母接到合肥住过一段日子，但岳母的性子急，脾气耿直，耳朵不好使却又喜欢管事，不到两个月，老人家便不习惯地吵着要回家。岳母倔强地说，这里又不能养鸡种菜，小区人说话我也听不懂，不如回老家一个人过自在。

我们都劝她："您在大哥家生活毕竟不用自己每天买菜做饭，一旦头疼脑热，也有人照顾，您这么大年纪，一个人回老家住，我们不放心啊。"岳母不听，头摇得像拨浪鼓。

拗不过，大舅哥只好把岳母又送回了张母桥将军山的老家。也别说，这么多年一个人在村里度日，除了腿偶有疼痛，老人家的身体一直硬朗，这也让几个家在上海、合肥的子女心安了不少。每每我们坐到一起聊到这个话题，都无比感慨：老人身体健康真是做子女最大的福气。

大舅哥买的取暖器就摆在岳母家的堂屋，两个我不认识的老太太坐在一旁的小板凳上惬意地烘暖聊天，妻子上前，给我介绍说这是村东西头的两个大婶。

第二天上午，我和妻子去镇上帮岳母买些生活用品。回来的时候，看见岳母又在堂屋的取暖器边和三个老太太聊天，她们每个沟壑纵横的脸上都隐约刻着一份惋惜。妻子诧异地问起缘由，原来，隔壁的那一家老太太刚刚在合肥的医院检查出来得了淋巴癌，是晚期的，医生说最多只有两个月的日子了。

"就是你每次回来都发烟给她抽的那个婶子，今年七十八，比我还小七岁呢。"岳母好像是怕我听不懂她的舒城方言，边说边用手比划着，然后用腰间的围裙擦着眼角，转头望着门口，一声叹息。

我记起了那个老太太的样子来，她有三个儿子，大儿子多年前也是淋巴癌去世的，还有两个儿子在外做工，孙辈也在外地上学。和岳母一样，她也算是一个空巢老人。

岳母似乎想起了什么，弯着腰，慢慢站起身子，从里屋拿出了一袋核桃和一包开心果，拆开，倒进了葫芦瓢，对那三个老太太说，吃，你们拿着吃啊。话一说完，顺手又把取暖器往老太太们的身边挪了挪。

连续两个晚上，妻子和岳母都在床上聊天到深夜。妻子说，我们这次回来岳母异常高兴，说她腿也不疼了，身上也有力气了，吃饭也更香了。

我们在岳母家待了三天，每一天，都有几个老太太晃晃悠悠地从门前的乡村水泥路上走过来，然后和岳母一起坐在堂屋，围在取暖器旁边烘火边聊天。

妻子悄悄地说，老娘有点傻，只要老太太们过来坐，她都把取暖器开到最大，总是把最暖最热的位置留给别人，自己却坐得偏偏的。你看，我们每次给她买的零食她都散给别人了。

我笑笑，想了想说，你家老娘她本来就是一个热心善良的老人。

其实，我知道，岳母那样做，还有一个更主要的原因——那就是为了让和她一样依然留守在村子里为数不多的老太太们能更多地聚在一起，相互聊聊天，说说话，抱团取暖。

如今的村庄，孤独冷寂的不只是越发干涸的池塘和越发空荡的村舍，更是依然坚守在这个村庄里的每一个固执而又虔诚的灵魂。

外面不知什么时候又飘起了丝丝的细雨，把门口的田野和远山浸渍成一幅灰色的水墨。几个老太依然在堂屋勾腰围坐，或聊天，或发呆，打发着她们生命的冬季。

岳母也坐在一旁，偶尔抬头，眯着双眼，望着我和妻子，脸上漾起一丝不易觉察的笑意。

作者简介：

吴平，作品散见《读者》《短篇小说》《新民周刊》《人民铁道》《人民代表报》《散文》《中国铁路文艺》等报纸杂志，有作品被《小小说选刊》《微型小说选刊》《小小说月刊》转载，并被收入《中国铁路优秀文学作品选》《〈读者〉精选集》《中国年度微型小说》《中国小小说作品精选》等多个选集。

六把钥匙

吴华兵

　　周末的下午，窗外雨夹雪，我枯坐在家，下意识地摩挲着一串钥匙。

　　钥匙共有六把。一把钥匙开一把锁，每把锁锁着至少一扇门，每扇门后都一定会有故事。我们的一生中，曾经有过多少钥匙？曾经从多少扇门里出入？有多少扇门已经闭合？有多少扇还贯通着今天的生活？有多少扇依然开着，却不再行走？有多少扇我们已经彻底忘记？有多少扇依然让我们惦记以至于热泪盈眶？有多少扇明明挂记，却要佯装着无所谓地走开？这个雨夹雪的午后，我摩挲着我的六把钥匙，浮想联翩。故事犹如被抚摸的阿拉丁神灯，一个个走了出来。

　　那把四棱形的是开家门的钥匙。它是使用频率最高的一把，开门锁门一天都要用好多次，它来到我的钥匙串上也就一年多的时间吧。原来的那把锁不灵了，开门很难。记得有一次中午下班回家，只见母亲坐在门前的楼梯上，身旁放着菜篮子。看到我，母亲埋怨道："开了半天开不开，到现在还没做饭呢！给你说多少次了，就是不换，你就不能抽个时间把锁换了吗？"见母亲如此，我很惭愧，不到鼻子尖上的事，我都会再拖一拖。有多少机会，多少该做的事情，都在这"拖字诀"消磨了，或没了，或成了遗憾，或成了隐忧。

　　这把钥匙我是当即就换了的。

　　那把最小的是我抽屉的钥匙。虽是一把小钥匙，却锁着两个抽屉，而这两个抽屉里装着我的前半生。一个抽屉装着儒家的日常，一个抽屉装着诗家的星辰大海。

一个抽屉里有几本成套的邮集和几盒零散的邮品。它们是我高中时狂热集邮的见证：新的、旧的、中国的、外国的、明信片、首日封、纪念封，应有尽有。那时，为了得到一个只要与集邮沾边的东西，我可以不吃饭省钱去买，我可以厚着脸皮去问别人要，我可以翻臭不可闻的垃圾堆去找。更有甚者，有一段时间，我盲目地给很多的邮票设计者写信求取邮品。这些信，大部分石沉大海，有些被退回了。给我回信的只有承德避暑山庄邮票的设计者、国家一级美术师肖玉田老师。肖老师不仅给了我一个亲笔签名的纪念封，还用毛笔给我写了一封信。信中他肯定了我的爱好，同时也希望我专注学习提升自己。肖老师的这封信让我醍醐灌顶，把学习作为生活的重心。除了肖老师的纪念封和信我还时而欣赏，那些当初千辛万苦得来的东西，我已经很久很久没有翻看过了。多么讽刺，曾经以为的生活全部，过去之后只是一堆可有可无的杂物——我们的生命里，有很多这样的沧桑。

另一个抽屉里存放着我的各种证件：身份证、会员证、毕业证、学位证、工作证、结婚证、房产证、教师资格证以及一些获奖证书。这些证件有些交钱就可以得到，有些却要为之奋斗好多年。我的证件基本上都保留着，毕竟，我需要它们来证明我是我，我是怎样的我。

还有一把特别的钥匙。它是扁的，上面凿着大大小小深深浅浅的几个圆坑。虽然它很特别，但注视良久，搜索记忆，我却想不起它曾带我走进哪扇门了。它该扔了，一把打不开记忆之门的钥匙留着还有什么用呢？没有用的就该扔掉，钥匙如此，如此的岂止钥匙？但是，又有几个人可以做到如此理智呢？

那把最长的是不久前才加进来的。它是我新办公室的钥匙，是这个办公室的原主人给我的。当然，我这个"原主人"也将曾经的钥匙给了别人。给的时候，我还有点不舍，毕竟它在我的钥匙串上伴我三年多，它见证着那段时光，它对应着那段时间里的人和事。但生活的河水永远向前，那把滑落江里的剑，通过刻舟的痕迹永寻不着。

那把宽宽的、短短的、上面印着"中国邮政"四个字的、已经很模糊的是我邮箱的钥匙。它来了好多年了，从已模糊的字迹就可以看出，但具体哪一年我却记不清了。我只记得当时邮局做促销，订阅金额达多少就免费装邮箱。那时我还经常投稿，样刊寄到单位经常会丢失，正想要一个自己的邮箱，就去邮局订了几种我喜欢看和经常投稿的杂志。于是，就有了这把钥匙。可几年后，情随事迁，我再也没有订过报刊，这钥匙也就形同虚设。偶尔从邮箱旁走过时，会有刹那的痴想，想看看邮箱里有没有意外，每次钥匙都能打开，每次邮箱里都没有意外。

能用却用不上，这钥匙就这样落寞地晃荡在我的钥匙串上。每次看到它我都会想起，曾经我也有那么一段为写作而痴狂的日子。写作，我一直是喜爱的，也一直没有断过，只不过现在没有了当初的激情。2020年，我加入了安徽省作家协会。我想，这不应该是终点，而应是个新起点。再次摩挲这把钥匙，往事纷然，来者可冀——会有什么样的门，为我打开？我能打开什么样的门？

那把最新的是我新房子的钥匙。为了儿子读书方便，在新城区学校旁买了房，房子正在装修。拿到这把钥匙很艰难，十几年的积蓄加上要还十几年的贷款。虽然得之也难，但对它打开的新生活，我们充满了期待。

细数钥匙，一帧帧画面带着温度向我涌来，给我安慰，给我鼓励，给我希望。抬头看窗外，不知何时雨停了，雪止了，太阳出来了，房间里洒满了金色的光影。

作者简介：

吴华兵，安徽凤阳人，毕业于安徽师范大学中文系，现就职于安徽省凤阳中学。曾在《北京青年报》《中国教师报》《教师博览》《学语文》《北方文学》《小小说大世界》《天池小小说》《小小说月刊》《微型小说月刊》《滁州日报》等报刊上发表文学作品100多篇，出版有《朱元璋的传奇》《明朝孝义故事选》等书。

旷野的风

甄雨纯

在旷野上游走的牧人，能否听懂牛羊噬草时齿动声的语意。

——简嫃

他说："时间过得好慢好慢，躺在草地上就能过一整天。"

他说："我不知道梦想是什么，就想骑着我的小马，翻山越岭。"

他说："这就是我的世界，雪山，草原，冰川，寺庙，白塔，我的朋友们，还有唱不完的情歌。"

像一颗灿烂流星毫无预兆地砸进地心，不含杂质的纯真笑容，随风飘舞的灵动衣袂，一则仅仅只有七秒的短视频迅速在互联网爆火，丁真，"砸"进了互联网世界，走入大众视野，成了近段时间最受关注的素人。丁真肆意奔跑的那片土地便是他深爱的家乡——理塘。而丁真的爆火，也让这个 2020 年 2 月才全域通电的脱贫县逐渐走入大众视野。由点及面，让大家看到"脱贫攻坚战"，不仅仅只是一个名词，一句口号，而是无数基层工作者的艰苦付出。没有理塘的白发书记文雪松、"90 后"背包书记任敏等基层干部们的辛劳奉献，理塘不会完成全域通电等基础设施的建设。如果居住环境的质量无法保证，摄影师也就不会在理塘停留，世人也就无从得知，纯洁的雪山脚下有一个笑容如白雪的丁真。2021 年 2 月举行的全国脱贫攻坚总结表彰大会上，理塘县人民政府荣获全国脱贫攻坚先进集体，所以丁真走红更代表的是国家在边远地区脱贫攻坚的成果。

集聚超高流量后，丁真最先出镜的画面就是为家乡理塘拍摄了一则宣传片。随着宣传片一帧帧放映，让人不由自主地跟着镜头来到那片风拂过草叶的旷野，天地间奔跑着马群，哒哒的马蹄声，使在庸碌市井里平静闲散的灵魂，感到了久违的震颤。穿着紫色衣袍的少年徜徉在天地间，追着云，踏着风，唤着山川，在篝火前欢歌乐舞，在月光下仰望星空。尤其他垂下眼帘，拢着带有薄茧的手掌，轻抚着小马珍珠的那个瞬间，不知道该如何形容，好像累积的汉语言词汇都太狭隘，都词不达意，不足以描绘风吹过旷野时，一个少年的温柔与灵动。

现代化都市的生活脚步越来越快，新鲜的词汇琳琅满目，新奇的事物丰富多彩。碎片化信息纷杂繁多，在横流物欲里浸淫太久的我们，好像都忘了人生本有另一种原始的形态——奔跑，赛马，篝火，是如此自由，洒脱，随性，与朝九晚五截然不同。

丁真的出现，像一扇打开的窗，让大众走进了藏区，看到藏族同胞们的真实生活。他们有雪山草地和田园牧歌，也同样有着现代文明和冲浪网络。丁真穿搭的藏装、藏饰，展示的藏餐、藏戏，介绍的藏民年节的风俗习惯，唱的藏语歌等也让藏文化得到了一定程度的传播。如一缕温柔入侵的月色，丁真悄无声息地改变了很多人对藏民族的刻板印象。揭开神秘的面纱，除了雪山原野和成群牛羊，除了奶豆腐和酥油茶，真实的藏区，鲜活的藏族同胞，被大众得以好好了解，重新认识。

突然走红，对每个人来讲都是巨大的考验。一个拥有巨大流量的年轻人，红了以后没有选择迅速变现，而是把所有流量都奉献给了贫瘠的家乡。丁真没有因为走红就要离开那片广袤的土地，而是留在理塘，留在他的小马珍珠身边，留住自己在山水之间。

现在的丁真被赋予太多意义，剥离丁真身上纯粹的符号想象，把他还原成"人"，也不过是个半大的孩子，但他超越同龄人的担当与责任感，也让他更加地闪闪发光。

纯，是鲜活炽热的赤子之心，真，是不虚假不做作，高原上，与雪山星星为伴，与羊群棕马为伍的丁真，不可思议地闯入另一片天地，也让我们有了更多的思考和对自我的审视。

《四月裂帛》里写："我不断漂泊，因为害怕一颗被囚禁的心。

纵浪就纵浪到底吧，我已拍案下注，你敢不敢坐庄？"绝大多数人的答案，不是"敢"或"不敢"，往往是沉默。习惯了默认，习惯了安稳，习惯了一成不变，习惯了恪守"舒适区"的界限，即便心在蠢蠢欲动地挣脱囚笼，也输给了这些"习惯"。绝大多数拥有"习惯"法则的人都无法体悟自由，也在一个又一个的默认的适应里丢掉本真。没有一望无际的原野，没有欢畅奔腾的马群，没有原始自然的风光，钢筋混凝土之上，高楼林立中的我们，偶尔慢下来，静下来，停下来，对生活作片刻的脱离，审视，再重新跃入，或许可以帮助我们重拾遗失的部分真我，也能找到人生的另一个出口和答案。

去看。

看海水漫过礁石的缝隙，一遍又一遍地冲刷沙滩；看层林散去晨雾，沐浴在金色的光华；看草原一望无际的绿色，和洁白的羊群；看山花烂漫在春日，像跳动的火焰。

看茂盛的树，草叶上晶莹的露珠；看流淌的河，蓝天下振翅的云雀；看昏黄长街里的堆雪，落雨路灯下的暗影。

去听。

听风吹过树叶，听雨落在窗棂，听爱人的心跳，听孩童的笑语。或者只是听一首歌，一段旋律，或是来自街角某间书铺的音响，或是广告牌某段视频的背景音，又或者，仅仅只是路人口袋里响起的好听铃声，屏退了所有喧闹、吵嚷，享受心灵静静舒张的安宁祥和。

去闻凌晨四点未眠海棠花的香气；去摸小狗的脑袋和小猫咪柔软的肚皮；去想象海水涌向夜空，云烟沉入海底。在星星被风抖落，化为粼粼波光的夜晚，去相信，这一刻，宇宙存在我和另一个自己。摁下生活的暂停键，每一个流逝的瞬间，每一帧风物的定格，都可以让我们短暂抽离，去寻觅，去感受，去享受。保留自我的真实与纯粹和对旷野的向往，去听风、看风、捕风……

作者简介：

甄雨纯，1998 年生，出版诗歌集《仰望星空》（与他人合著），作品发表于《诗歌月刊》《西部散文选刊》《齐鲁文学》等。

青春 AB 卷

端　娟

A 卷：含羞草

17 岁那年仲夏，获儿高考落第，回到母校成为一名插班生，从来坐在前三排的她第一次被插在倒数第二排的座位，也好，坐在后排恰到好处地屏蔽了落榜带来的深深失落。心里也像局外人，游离于班级边缘。倒数第一排也是一个插班生，来自外校。

苦苦读书，寂寂来去。

后排的他比获儿还要悄无声息，却仿佛搅乱了整个班级斑驳的目光。只有获儿心如坐禅，微波不澜，一心只为高考的第一次失败而暗自雪耻，默默努力。

一次自习课，后排的他的同桌问获儿一个地名，获儿查找后，回头，与他异口同声说出答案："石河子！"目光不期而遇，获儿的脑海竟迅即涌出八个字"巧笑倩兮，美目盼兮"，这自古形容女子的词语来描述此刻的他竟是如此贴切！一个美若水仙的清秀少年……

不久，一次联考成绩揭晓，全班第一名竟然是他！于是便不得不知道了他的名字——"云枭"，竟然姓朱，心中默念"煮—元—宵"，甜糯、好笑……

高三苦短，清逸的他依旧来去匆匆，含笑淡淡，似乎无知无觉身后一片追随的目光。

获儿依然不言不语，独来独往，还是做她奋发的灰姑娘。

……

高考结束！

获儿日夜蜷缩在阴凉狭小的屋子里，充满渴望又绝望地等待高考分数揭晓。1991 年的夏天，正播放一部清新的电视剧《含羞草》，陪伴她这特别的时光。"小小一株含羞草，自怜自爱自清高，她不是成心骄傲，只为了，只为了美丽情操。"说的就是获儿吗？

一天正看《含羞草》呢，一位熟识的同学竟带云枭来获儿家借书，在自己的小屋意外看到他，获儿心里却喊出了"石河子"这三个字。那天他们说了很多话，又好像什么都没说。只记得云枭好像很惊讶却很喜欢获儿这简陋洁净的小屋，和电视里回响的歌声，那朦胧的旋律"等到那真情来拥抱，再不要再不要羞弯了她的腰"……

之后常常相见，那时没有电话手机，没有任何约定，却好似心有灵犀，那个茫然而美丽的暑假，许多个下午，云枭会骑着单车来看获儿，顶着烈日炎炎，却好像如沐春风，他总是浅笑盈盈……

高考分数终于揭晓，获儿如愿以偿，优秀的少年竟意外落榜！

在那个天空缀满星星的夜晚，在弥漫着青草气息的学校操场，他们在天地之间谈心，云枭在获儿面前哭了，云枭在获儿面前笑了……那个挥斥方遒的少年不见了，只剩下一个伤心真实的傻小子。

临别，云枭满怀悲壮地对获儿说："等我一年！"——像是恳求，更像是许诺。当获儿颔首应诺。

漫长而芬芳的 365 天啊，让两颗纯稚的心饱尝甜蜜和忧伤！

一年后，云枭中第，获儿和水仙少年喜极而泣！

他们相携、相伴、相随，六年；纯洁、高尚、甘甜，两个傻孩子。

六年，玉净花明，宛若童话；六年，或许最好的感情需要适时的死亡，终究他们没有后来。

一首《后来》仿佛是为获儿度身定做。

那个永恒的夜晚。

......

多年后的一天，获儿偶然听到《含羞草》这首歌，心里的某个角落，仿佛还停留在放着《含羞草》的那个夏天，从不曾长大。

B卷：蓉的世界

喜欢蓉这个名字，当然是源于翁美玲版的《射雕英雄传》，那时的我们谁能抵挡古怪精灵的"小蓉儿"的魔力？

高二分科后，认识了一个新同学，她的真名就叫"小蓉"，我喜欢这个名字，可最初我们并不说话。人家会爱乌及屋，我好像是"爱屋及乌"——因为喜欢"蓉"这个名字而默默关注她。

她总是捧着一大摞书，幽幽地走着，好像什么都不在她的视线。更奇怪的是，除了冬天一件大棉袄，夏天两件小衬衫，其他时间都穿着一件紫红色的没有任何样式的春秋衫，感觉一年都要穿 200 天的样子。

但她脸上那股婴儿般无辜的表情吸引着我。还有那光洁的额头、明净的脸庞、沉静的气质，都超越那件不好看的外套散发光芒。

我们心趣相投，成为很好的朋友，她连名道姓地喊我，我一厢情愿地喊她"小蓉儿"！

那时的县城很小，今天楼市一路飙升的黄金地段"蓝湾水岸"，当时是偏僻的荒郊野外。蓉儿的家就在那儿，不会骑车的她每天放学都是一个人从校园后门走，走过长长的河堤，走过幽幽的河水，寂寂无声独自回家。长堤的一侧就是学校大操场，永远有一群意气风发的男生在跑步、踢球……

曾去过她家，她上有姐姐下有妹妹，都在读书，很重的负担；爸爸卧病在床，妈妈为一家操持，难免脾气不好……怪不得蓉儿有一股挥之不去的、却让我心有戚戚的淡淡忧伤。

不知哪一次，在她家的一个不起眼的角落，我看到了一幅画，是一幅纯黑白的写意画：洁白的宣纸上一幅盛开的莲，幽暗夺目，画的右侧毛笔竖写着四个字——"蓉的世界"。右下角很羞怯写着两个小小的字母，是班里的一位男生姓名的首拼。莲叶何田田！这幅画让人惊叹，让蓉儿芬芳……

我们这样清淡微小的女生习惯独自清欢，不太习惯被关注，不太习惯被喜欢，只愿沉醉在自己小小的天地放牧着喜悦和哀伤……但不代表没有默默追随的目光，也许是蓉儿每日走过长堤孤独的身影打动了那些挥洒青春的男生，也许是她沉静淡然的气质早已被深深牵挂……

忽而想起常常在教室走廊响过一阵阵潘安邦的歌："尽情挥洒自己的笑容……尽情挥洒自己的笑容……"男生反复唱着这一句——"笑容"两字分明就唱成了"小蓉"，唱者含糊，听者朦胧，尽在不言中……

就是这青涩无言的青春。

作者简介：

端娟，中学高级教师，安徽省作家协会会员，当涂县作家协会副秘书长。2010 年散文《做和谐社会的铿锵玫瑰》获安徽省工会征文一等奖，2011 年个人博客《笑言哑哑》获马鞍山市一等奖，2018 年散文《爱如秋》入选《安徽教师散文百家》。数年来在《青春》《作家天地》《安徽青年报》等期刊发表文学作品，部分获奖。2020 年由团结出版社出版个人散文集《浮生四季》。

天堂里没有撕裂的痛

周玉福

大舅死了。我是从二舅那里听说的。这是我平生第一次这样称呼他。我们家很少提及大舅，即使遇着某个话题绕不开，也一定以"瘸子"或"砍头的"代指。大舅左腿短一截，走起路来身子一上一下地起伏，幅度很大，做不了重活，又穷，30多岁也没能成家。

公私合营的时候，大舅、外公还有我父亲就一起在镇上的合作菜馆上班，后来又叫公社菜馆。大舅做红案墩子，称斩卤菜；外公做白案米活，烧饭打饭；父亲做出纳，收兑卖筹。筹是竹片做的，上面烙着"米饭半斤"或"菜伍角"之类的字样。

1962年，大舅终于说了位农村姑娘，对方提出200斤粮票的彩礼。那时，三年自然灾害刚结束，挨饿的恐惧还在，女方向男方尤其是城镇户口的男方要粮票作彩礼已成了规矩，家有儿子的，也会早早地从牙缝中省出口粮换成粮票备着，但一般也就百八十斤，开口200斤的，全公社还是头一个。虽然外公知道大舅腿瘸，已经备了120斤粮票，比人家多备了半个媳妇的，可离200斤还差一个媳妇的分量。望着垂头丧气的大舅，外公牙一咬，应下了。外公是这样想的，他卖饭有升溢；父亲卖筹，农民上街交公粮或大队干部来菜馆打牙祭拿米兑饭时也有升溢，翁婿联手，暗中把这些升溢运作成粮票应该行。可外公跟父亲说了后，父亲却把头摇成拨浪鼓。父亲出身不好，新中国成立前，我爷爷有百多亩地，还有一爿菜馆，10多年来的各种运动，已使他树叶掉下都怕打破头了。

女婿是娇客，外公不能拿蛮，再说这事本就见不得光，外公只好独自运作，偷偷拿了每天升溢出的饭筹，打八折卖给拿粮票买饭的人。没有不透风的墙，只干了两三票，就被菜馆经理捉了现行，开除工作肯定，没准还坐牢！谁知，经理一笑，说："也不要那么悲观，这事能大能小，新中国成立前你们苦大仇深，属阶级兄弟，若你们能放颗政治卫星，挖出位深藏着的反革命分子，完全能够将功补过，甚至菜馆还可帮助你们解决那 80 斤粮票。"外公和大舅知道，经理暗示的这位"反革命分子"是父亲。经理家房子漏雨，让父亲动公款借他修房子曾被父亲拒绝。

大舅是怎样被经理说通的父亲不知道，只记得他被五花大绑地押到批斗台时脑中一片空白。大舅指着他鼻子揭发，有次两人聊天，他说，"过去，你们给我家帮工；现在，我不知在给谁帮工。"新中国成立前，外公一直在爷爷的菜馆里帮工。父亲至今也想不起自己究竟说没说过这话，有时认为绝对不会，他这出身，哪敢说这样杀头的话；有时又觉得可能说过，郎舅间开个玩笑也不一定。当然，当时父亲是打死也没承认，加上没有第三人在场作旁证，终是躲过了牢狱之灾。但出纳做不成了，到后厨挑水，来回河边一二百米，每天几十担。后来的每次运动，他都会毫无例外地被揪上批斗台。当然，我们兄弟姐妹几个，也都会时常被小朋友欺负打骂，母亲只能暗暗抹泪。

大舅住街南，上班时必经我家门口。母亲只要遇着他，就会大声朝地上吐唾沫，然后踏几脚。后来，他见着母亲，老远就绕开。1940 年，外婆被鬼子飞机炸死前，一共生了 9 个孩子，夭折 6 个，活下的 3 个中母亲最小，是老丫头，脾气倔强。

后来，经理也被揪上了批斗台，因为他让出纳挪动公款给他修房子，被人举报了。父亲这才重新享受到菜馆福利，每月 15 号发半斤卤菜。轮到大舅当值，父亲领回家的卤菜里，总会多出几只鸭梢子。母亲只要看到鸭梢子，就知是大舅当值，嘀咕着："砍头的，竟还记着我喜吃鸭梢子，谁稀罕！"这样骂过，脸上也会晃过几丝很是复杂的神情。

我唯一一次踏进大舅家门槛，是外公做 80 岁寿时。我们这里的风俗是"做七不做八"，可外公着意要做，还一定要在长子家做，他这样做是有原因的。他 70 岁生庆，也是在大舅家做的，母亲没去，二舅生拉硬扯，母亲说，再扯我连你这二哥也不认了。外公一直内疚，偶尔来我家，看母亲的眼神也躲躲闪闪，当年，他是能够阻止大舅揭发的，可为了自己的饭碗，为了那 80 斤粮票而选择了沉默。这次，外公发了狠，说做寿那天若老丫头不来，我就去跟她磕头拜寿！母亲了解外公说到做到的性格，不得不去。父亲说，要去就像模像样去，便备了寿幛、寿联、寿酒、寿面、寿烛、寿桃"六大件"满满一挑子。大舅看到我们，老远就点响鞭炮，瘸着左腿，一颠一颠地跑来接父亲肩上的礼担。父亲不理，埋下头疾进，跑进他家放下礼担，匆匆地领了我们跟外公磕头，起身就要走人。这时，大舅的 4 位儿女都赶了过来，一起朝父亲和母亲跪下，喊"嬢嬢原谅，姑父原谅，你们兄妹 9 个，只有 3 个了……"母亲咬着牙，拉着父亲，头也没回地离开。

到家后，母亲号啕大哭，什么话也不说。后来，我们发现，她见了大舅后没有再吐唾沫了，只是形同陌路。后来，她无意中聊起她的童年，说大舅的瘸腿，是他 9 岁那年背着她，给我爷爷的菜馆捡柴火，赤足被竹片戳了。他正弯腰拔时，她看到只蝴蝶，伸手去够，使他失去重心一头栽倒，左腿骨头给别断了。那时兵荒马乱的，大人累死累活嘴都糊不上，烦着呢，孩子在外撞破头跌破皮都不敢说，说了，没准还会加一顿打。母亲说："砍头的倒还蛮硬气，腿断了，竟仍把我背回家，自个一声不吭躺床上，发了半个月烧。"外公发现情况不对时，大舅错位的骨头已经长成。

1996 年 6 月，母亲肝癌晚期，临死前两天，她说："回家吧，我要回家。我都三代的人了，你们让我死在医院不亏心？"下午刚到家，二舅跑来说，老大在门外转了半天，他想来看看你，老妹你看……母亲看着面无表情的父亲和我们，轻轻地摇了摇头，泪水哗哗涌出……

　　我把这些字读给父亲听，父亲不吱声。半晌，他叹出一声，如果我当年配合你外公，应该不会出事，或许就没有后来的事了。又淡淡一笑，说，我跟他自小一起长大，我知道，他一直喜欢你母亲，愿他们兄妹在天堂里都不再痛了。仇恨，是自己一辈子舔舐着伤口，使它永不愈合地去恶心弄伤你的人，不划算。

作者简介：

　　周玉福，在市级以上报刊发表中短篇小说、散文等近 30 万字，有含戏剧小品在内的十多篇文字获市级以上奖项。

一担米的恩情

袁　牧

　　母亲在世时，经常和我们姐弟五人提起昌胜表哥和大人老表，她总是动情地说："昌胜表哥和大人老表，是我们家的救命恩人，在最困难的时候送给我们家一担米，救活了我们一家人。你们现在成家立业了，可不能忘了恩人啊！"

　　说起昌胜表哥，其实和我家是没有任何血缘的干亲。那时表哥一家住在洲上，属于棉产区，虽然不种稻子，却享受着吃商品粮的待遇，所以日子相对好过点。我家住在深圩区，说是鱼米之乡，经常旱涝灾荒，常常吃了上顿没下顿。

　　1976 年是我家最为艰难的一年。本来庄稼收成就不好，雪上加霜的是，父亲重病在床急需治疗费，又是年关将近，家里没有任何生活来源，可怕到快要断炊的地步。万般无奈中，母亲想到去洲上亲戚家求援。

　　那天天刚亮，母亲就带着我出发了。凛冽的寒风呼啸着，漫天雪花飞舞着，冰天雪地里，我们母子一步一滑地朝着洲上的方向艰难行进，饿着肚子整整走了一天。当找到昌胜表哥家时，母亲冻得全身发紫，已虚弱到说不出话，挪不动脚步，一下便晕倒在表哥家门口。表哥表嫂急忙熬了碗米汤，让母亲喝下去，母亲才渐渐恢复了知觉。表哥知道我家遇到的困境后，未等母亲开口提"借"字，就爽快地说道："表舅妈请放心，我家粮食够吃。只要有我吃的，就有你们吃的。"第二天上午，表哥就从粮站购回一百斤大米送给母亲，并盛情挽留我们多住几日。其实表哥家并不富裕，他拖儿带女七口人过日子，也是紧紧巴巴的，但表哥仗义、善良、宽厚，他宁愿家人喝粥挨饿，也要尽最大努力接济我们。

回来的路上，母亲顺道来到她的姨侄郑大人家。知晓母亲来意后，大人老表二话不说，将自家米缸里仅有的三十斤大米给了母亲；母亲实在过意不去，他却安慰母亲说："小姨娘见外了，洲上比圩上日子好过，抠抠牙缝都能抠出几十斤大米。"他不忍心我母亲挑着这么重的大米赶路，执意要专程送一趟。至今，我都难以忘怀他挑着沉重的担子挥汗如雨的面庞，清晰记得他一路上口渴难耐时茹冰饮雪的情景。

1976 年的那场大雪和严寒，似一把冷酷无情的利剑，把母亲一步步逼上绝路，幸亏有了那担沉甸甸的大米，压起了我们就要下沉的生活之舟，像冬日里的一轮暖阳，融化了所有的坚冰，重新点燃了母亲生活的希望。我们的屋顶上，终于又升起了炊烟；我们的灶屋里，终于又弥漫了米粥的香气。

最后一次见到昌胜表哥，是 1984 年春节。表哥见我大冬天穿着破旧不堪的棉袄，很是心疼，便从自己身上脱下那件新买的呢子大衣，让我穿上，说："表弟都是堂堂的师范生了，可不能穿得太寒碜，不像我一个种田的，穿孬点没关系。"我穿上还带着表哥体温的厚厚大衣，一股暖流顿时传遍全身。临别时，表哥拍着我的肩膀说："困难是暂时的，苦尽甘来，你出来工作就好啦！"目送他衣衫单薄地走在冬日的寒风中，望着他瘦弱矮小、瑟瑟发抖的背影，我的泪水禁不住流了下来。

人生总是有太多的变故和不确定。未曾想到，表哥带着一家人悄无声息地到外地打工去了。这一失散就是三十多年啊！每到春节一大家人团聚时，母亲就会唉声叹气说："现在日子过好了，可是却找不到你们昌胜表哥了。我们欠着他家的恩情，要是连句感谢话都没有，怎么对得起人家的大恩大德啊！"令人万分遗憾的是，直到母亲 2015 年去世，我们仍然没有联系上表哥一家，这也成了我心里永远的伤痛。

饮水思源，有恩必报，这是我的信条。我从没有放弃寻找恩人，我的几个姐姐也在坚持不懈地四处打听。2018年下半年，一次偶然的机会，我终于找到了生活在同一个城市的表哥一家人。当和表嫂坐下来长谈这么多年的离别之情时，才得到昌胜表哥早在十年前就因病去世的噩耗。我呆呆地愣在那里，心痛欲裂，悔恨欲绝，这么多年的苦苦等待和寻找，竟等来天人永诀的消息，我该怎样向他表达我的爱，我的感恩，我的悔恨？表嫂告诉我说："你表哥当年帮助你家，根本没想过要什么回报，完全是可怜表舅妈带着那么多孩子太艰难了，力所能及地伸把手。"要不是我们如数家珍般回忆起当时的细节，表嫂一家人早就忘了这件事。

令我欣慰的是，表嫂和大人老表身体都很健康，生活也都幸福。平时，我们或电话问候，或抽空小聚。到了春节，我都要带着子女登门给他们拜年。我也很想在未来的岁月里，为他们和他们的家人做点什么，因为我幼小的生命曾被他们温暖过、拯救过，报答他们的最好方式，就是把感恩一代代传承下去。

作者简介：

袁牧，安徽无为市人，现任安徽省食品药品检验研究院党政办公室主任。安徽省作家协会会员，安徽省散文家协会理事，安徽省诗词协会会员，巢湖文化研究会会员。曾在《人民日报》《诗刊》《中国乡村杂志》《安徽日报》等多家报刊发表文章，散文《没有父亲的年味》获"豫信杯"中国散文大赛征文一等奖，诗歌《一群最美逆行者，奔波在中国大地上》获"大家文学奖"诗文大赛最佳人气奖。

母亲的手

陈思炳

母亲离开我整五十年了，可母亲的形象一直印在我脑海中。梦中眼前，最难忘的是母亲那双饱经风霜的手。

那是怎样的一双手啊！粗糙嶙峋，手背凸起的青筋如树根虬屈，手指肚堆积的厚茧如层层树皮，手心布满的裂口如山河岁月。母亲的手，浓缩了她一生一世的沧桑，镌刻着她抚育儿女的满腹辛酸。

那是一双勤劳的手。小时候，一家大小七口的衣服鞋袜的洗刷缝补都由母亲一人承担。夏天拎着大木盆到塘边洗，冬天从井里挑来水，在屋檐下洗。那时我常倚在门边，看着母亲一双冻得红肿的手翻搓着衣服。就这样，一块块黄黄的碱皂和一块凸凹着沟沟坎坎的搓衣板伴随母亲走过四季，洗掉了岁月尘埃，也洗去了母亲的青春年华。

母亲另一块倾心劳作的园地就是那块菜园地。从翻地、播种、育苗、浇水、施肥、搭架，到围栅栏，每一步都经过母亲的手，每一步都淌有母亲的汗。一块块菜畦被母亲整得方方正正、错落有致，生机勃勃。滴翠的青菜，透红的辣椒，灿黄的金针，白嫩的茭瓜……这是母亲手绘的丰收图，看着它们，母亲布满皱纹的脸就荡开了笑波。

那是一双灵巧的手。因家境贫寒，全家老小的穿戴基本上依赖母亲制作的家织布。小时候，每天晚上我钻进了被窝，就听到母亲那"嗡、嗡、嗡"的纺车声，我也总是这样伴着母亲的纺车声入睡。

早晨醒来没睁开眼睛，母亲的纺车声又在响着，缓慢、平稳。不知道母亲夜里什么时候睡的，也不知道母亲早晨什么时候起的，也许根本就没有睡过觉。我心疼地问母亲，你晚上没睡觉吗？母亲说我不累，我也是刚起床，才纺了半个穗子。她说话时没停手中的活。我喜欢看母亲纺线，她左手捏着棉条，右手摇着纺车，随着纺车有节奏感的"嗡嗡"声，母亲捏着棉条的手一上一下起伏着，舒展、优美，那是世界上最美的舞姿。

纺成的大棉穗，经过拐、染、浆等许多道工序后，再装到织布机上，再经过母亲的手日夜穿梭，织成一卷一卷的棉布。每逢新年，母亲都要用这些家织布给全家老小添上几件新衣。在给我们姐弟几个做衣服时，母亲的巧手飞花绣彩，在胸前、袖头或在口袋上，绣小动物则栩栩如生，绣花草则如闻其香。我们穿上这些衣服高兴地蹦着跳着出去，炫耀给村里小伙伴们看，引来围观者一片赞美和羡慕。

那是一双温暖的手。记得童年的夏天，我是在母亲的蒲扇下度过的。那时我们一家人住在三间又窄又矮的草屋里，最难熬的是"三伏"的晚上。天热蚊虫多，一般人家都买不起蚊帐，只好从山上采来荆柴叶子或艾蒿晒干后熏蚊子。黑烟蒸腾，呛得人睁不开眼，喘不过气来。待"蚊火"渐渐小了，母亲这才哄着我一块进屋睡觉。入睡前，母亲用蒲扇不知疲倦地为我扇呀扇，直到把我的汗水都扇干了，等我甜蜜地进入了梦乡，她这才安歇一下。一年又一年，母亲的大蒲扇，护着我熬过炙人的酷夏。

高中毕业那年，我瞒着母亲报名应征，我怕先告诉她，她老人家舍不得我走。等母亲知道了，我的体检已合格。出乎意料的是，母亲并没阻拦我，临行前的晚上，母亲摩挲着我的头说："娘知道你已有了主意，就自己闯去吧。到部队磨炼磨炼也好，男孩子家老围着家转也没多大出息。"握住母亲温热的手，我的泪不由得簌簌落下。

当兵不久，便收到家里寄来的两双袜子。那是母亲自己纺线织成的棉线长筒袜，还上了袜底，针线很密，六十多岁的老人拉这样密的袜底，母亲的手指不知被多少次扎出了血。哥哥信里说：母亲怕我冬天冷，叫我穿长筒棉线袜子暖和些。可母亲哪里知道，军人要统一着装，哪能穿自家织的袜子呢。母亲给我的袜子，我只在脚上穿一下试试，又脱下来，叠好放在包裹里，夜晚枕在我的头下，枕着这袜子，常常泪水打湿了枕头。

当兵的第三年，母亲突然离我而去了。从哥哥来信中得知，母亲是犯心脏病去世的，直到去世前一天，母亲还嘱咐哥哥不要写信跟我讲，她怕我伤心，怕影响我的工作。

每次回家探亲，我都要到母亲坟前站站，在坟头上摸摸，就像抚摸母亲那满是皱纹又带着微笑的脸，就像摸着母亲那双粗糙而充满温暖的手。

作者简介：

陈思炳，安徽省金寨县人。1978 年开始业余文学创作，已在人民日报、光明日报、北京日报、安徽日报、《江淮》杂志、《随笔》《杂文月刊》《杂文选刊》等中央及省（市）报刊发表散文、杂文、随笔等作品 2000 余篇，多篇作品收入《中国杂文年选》和《全国散文作家精品集》。2016~2019 年度，连续 4 年获"安徽省报纸副刊优秀作品"一等奖。

桂香落

时培余

　　秋雨一场接着一场，将国庆长假出门的计划打乱。因为温度陡降，连近处闲逛的想法也打消了。这日晚饭后，雨住了，我和妻在小区里散步，漫无目的，循着人迹较少的靠墙小径慢慢游荡。她忽然说这桂花怎么说败就败了，风里一点儿香气也不留存，言语间多少有点儿怅惘。

　　我们都不再言语。

　　就在几天前，二哥回马头老宅，还特地拍了院子里的桂花呢，开得可旺了，细一点的枝条都压弯了作下垂状。当时妻翻看群里照片，嚷着让我看，她说这一株就是当年我们移栽的那株。细想不禁吃了一惊，居然有十五六年了。那时家住山里的曹同学头年秋天培土，第二年暮春的时候挖了包着土带给我们，说是银桂，朵大花香，我们可欢喜了，手植于庭下。

　　后来光景不好，搬家的时候，妻舍不得那一株桂花，就移栽到母家的院子里，说给母亲此株桂花的来龙去脉，她老人家也是视作珍宝。年年秋天都盼着一树花香，却只见枝丫疯长，不见星点儿的花，时日久了那份渴盼也就淡了。

　　说到桂花开得旺盛，早些年经常听母亲提起陈滩大姨父家院子里有一株桂花。虽然花开时节不曾遇见，可从母亲艳羡的语气里便可知晓当时盛况。每年她们老姊妹必要走动的，回来后，母亲总会带回来大包晒干的桂花。遥想满园花香，风动一地金黄。大姨和姨父不待桂花开罢，在下面铺上被单，摇动花枝，桂花纷纷如雨而下。那情形让人想起琦君的《桂花雨》，可不就是花雨缤纷入梦甜嘛！

大姨家院子里的桂花树干亭亭直上丈余，树冠形圆如一把撑开的大伞，因其枝叶繁密，夏日整个院子都在它的荫蔽下。一年正月去拜年，大姨父说有人出三千块他也没卖。其实早些年树冠广密时应该比这价钱高许多，依稀记得东城桃花小区南大门靠路东边一家院子里，就有一株这样的大桂花。屈指一算也有十六七年了，那时不像现在栽种得广。能够花钱购得如许大的一株桂花，且有偌大的院落可栽，实属殷实人家。

记得我们读高中那会儿，院子里就有好几棵桂花树，树龄均在三十年朝上。八月花开满院香，八月十五离家近的同学都回家了，可我们由于离家较远不得不留校。桂花那叫一个香啊，满口盈鼻乃至肺腑之间皆是甜香，教人思念家做的麻饼子和家里的菜饭。日头西斜，子龙和我百无聊赖，归途无期，只得缘河徐行。彼时日头下落得很慢，一天的时日总是可以想很多的事情。桂花的香抛却很远，之前的不快很快也就消散在河水里、香氛中了。走得太远，回望学校方向一排排房舍和一黛远山漫漶在夕阳的锈色里，心里莫名升腾起一股不见古今天大地大的空旷感。尔来二十又七年矣。

每年秋冬时节，总会无端忆起桂花香晚促膝谈的情景，总会心有灵犀相约几碟小菜一壶清酒浅酌。今年几次有此冲动，奈何身有微恙须忌酒，只得作罢。桂花兀自开放，不喧扰不焦躁，香甜静美地伴了几多乍暖还寒的秋夕，来去随心随性，很像我们生命中的一位至交。

然而我们的生命与一株草木相较，只是须臾。桂花是耐寒的花木，恰恰因了其耐寒常青，引来大雪压身的祸患，而银杏一到秋天便落光了叶子，光秃秃的枝丫偏能戳破大雪织就的迷障，真真是不可轻易论短长。去年雪日，站在三楼的窗台上看宣师傅举着长长的竹竿打雪，一竿子下去，簌簌雪落。难怪今年校园里的银桂、丹桂都开得繁盛，挨挨挤挤，密密层层，说是打雪之情未免太浅薄了些，该是应一场秋天的邀约吧！更巧的是，香甜填满皋城的那几日正赶上创卫巡视组来皋城，据说车子一进市区五感尽是桂花香，有人开口赞叹：真乃香城。其实六安普栽桂花已经有些年头了，人们爱惜桂花，以市花之礼待之，今又得"香城"之誉确也当得。

无独有偶，五年前房子整修，我们寓居在早已荒废的长安职业学校院内，虽说房子老旧，房前倒有桂树十余棵。"失之东隅，收之桑榆"，生活总会给你不曾期许的馈赠，我们只需泰然领受可矣，不必戚戚焉汲汲焉。踏踏实实住一段时日，说不定还可以赏得桂花呢。那年冬天雪大于往常，一日清早，门卫老褚就抱着竹竿打雪，他脱了外面的羽绒服，只穿一件马甲，头上热气蒸腾汗如雨下。那些被雪压弯的枝条几竿子下去，弹落所剩无几的积雪，一个激灵就又挺直了身姿……

几十年的老房子，冬天堵得再严实还是有丝丝冷风，梅雨季更是地面潮湿厉害，好不容易秋日来临，眼见着中秋将至却不见一粒桂花。一连几日秋雨，原道桂花要爽约了，没曾想八月十四后晌住了雨，桂花悄没声地开放了，最先还是南面窗子溜进来的一缕花香暴露了影踪。老褚欢喜得像个孩子，一会儿跑到花树底下，一会儿跑到我们窗前。只为这一季花开？我想定然不是。

初冬我们搬回，听说第二年开春老城区改造，长安厂整片拆迁，可惜了那十几株桂花。倘若草木有知，那一季的桂香恐是最后的登台，偌大的长安厂业已落幕，何况草木？然而草木又是不朽的，不是吗？你看一个扎着马尾辫的小姑娘正小心翼翼地捡起落花放在纸盒子里，里面还铺着粉红的丝帕，一粒粒碎香簇拥在一起浸润、守护一个孩子梦幻般的童年。

走到路的尽头，我们折转回来，路灯也就亮起来，投下清浅而又温暖的光。

作者简介：

时培余，安徽省六安市裕安区解放路第二小学教师，安徽省作家协会会员，安徽省散文随笔学会会员，出版散文集《布谷声声》，诗歌、散文偶有获奖。

母亲的菜园子

周宝贵

　　离开生我养我的小村庄已经好些年了，但许多事物依然历历在目，让我最难以忘怀的还是老宅子面前的菜园子。那些年，母亲不分昼夜地在菜园子里忙碌着，我们亲切地称这个菜园子为母亲的菜园子。

　　菜园子呈长方形，约有半亩地大小，四周有沟渠护着，沿沟渠四周内侧扎有篱笆。菜园门也是用篱笆扎成的，与老宅相对。菜园门处的沟渠上，搭着一块厚厚的木板，是通往菜园的小桥。

　　种菜是要看时令的。村子里就流传着这样一些农谚，如"三月三，瓜茄瓠子齐上滩"。这是说到了农历三月初就可以种瓜茄瓠子等蔬菜了。这个滩指的就是菜地，菜园子。又云"清明前后，点瓜种豆"。这是说到了该点瓜种豆的时候了，因清明前后也大多在农历三月初。其实，什么时令种什么菜，母亲老早就在心里摸得一清二楚了。

　　母亲开始忙碌了起来。黄瓜、丝瓜、瓠子、豆角自然是要种的，这几样菜苗刚从土里冒出来，母亲就把架子给搭好了，等着它们长大了去攀爬。葱蒜、芫荽、韭菜、辣椒、茄子、青菜、辣菜、芹菜、西红柿呢？这些当然也是必不可少的。西红柿也是要搭架子的，但是，不是让它去攀爬架子，而是把它绑在架子上，让它随着人的意愿向上长。南瓜、冬瓜呢？自然不必说了，都是要种的。可惜它们太占地方了，不能种在菜园子中间，得种在菜园子边角。好在菜园子的外侧有很多槐树，好多树枝伸进菜园子里，南瓜和冬瓜的藤就常常攀爬到树枝上去。到了秋天，南瓜和冬瓜就吊得满树枝都是。西瓜和香瓜也是要种的，虽然它们不是蔬菜，但它们却是母亲送给我们的特殊福利。有了它们，到时候我们就可以尝鲜解馋了。偌大的一个菜园子，被母亲给安排得满满当当的。

蔬菜种好后，就需要管理了。

为了防止闲杂人员和鸡狗等动物混进菜园子里去，母亲买了一把大锁，将菜园门紧紧锁住。

除此之外，最要紧的，就是给菜地浇水、除草和施肥。

浇水是一件烦心事，碰到干旱的时候，天天都要浇水，而且必得是傍晚或晚上。大热天的中午，蔬菜是万不可浇水的，一浇水就会死掉。傍晚时分给蔬菜浇水最好，可那时的母亲还在上工，自然也是没时间浇水的。母亲就只好利用晚上时间给菜地浇水。有时沟渠里没水了，母亲得到池塘里去挑，有时池塘里也没水了，母亲就到自家机井里去压水。母亲整日忙碌着，从早到晚，身上都是汗津津的，累得腰都直不起来了。她埋怨父亲说："就知道当甩手掌柜的，也不知道给人搭把手。"父亲说："那你放下吧，我来挑。"母亲说："跟个算盘珠子一样，拨弄一下，动一下。"说完，自个倒笑了起来。

除草也是一件烦心的事。除去白天上工，晚上浇水，母亲除草的时间只有中午了。中午的太阳火辣辣的，母亲戴着草帽挥汗如雨。她一会儿站着锄，一会儿蹲下薅，一刻也闲不住，汗珠顺着她的脸颊往下滴，滴到菜叶上，渗进泥土里。如此勤劳，菜园子自然不会出现"草盛豆苗稀"的情形。

施肥也不简单。母亲常常观察菜秧子，发现哪些菜秧子变黄了，她就立马给这些菜秧子施肥。好在自家就积有农家肥，我常见母亲把那农家肥一担一担地挑进菜园子，或撒在蔬菜根部，或在蔬菜根部附近挖洞，再将肥料放入洞里用土盖好。这些活儿，母亲做起来轻车熟路。

我常常跟母亲去菜园子里玩儿，一看到黄瓜、瓠子、南瓜、冬瓜等开花了，我就要去摘。母亲说："快放下，摘了就没菜吃了。"我就放下这朵花，又忙去摘那朵花。母亲又说："也摘不得，你蹲在那闲一会儿好不好？"

无奈，我只好去捉蜻蜓、蝴蝶和蜜蜂。

我常常能捉到蜻蜓，一捉到我就高兴得手舞足蹈起来。母亲笑笑，自顾忙自己的活去。

捉了蜻蜓，我又去捉蝴蝶。蝴蝶黄的居多，我一去捉它们，它们就飞入菜园子四周的油菜花丛里。蝴蝶黄，菜花黄，哪里能分辨得出来？急得我一个劲儿地直嚷嚷。那情形，竟和那古诗描写的"儿童急走追黄蝶，飞入菜花无处寻"的情景是一样一样的。母亲见状，捂嘴乐起来。

蜜蜂就更不好捉了，你一不小心，它就会蜇你一下。有一次，那蜜蜂竟蜇到我的眼皮上，我的眼睛顿时就肿得跟水蜜桃一样，疼得我号啕大哭起来。母亲慌得赶紧跑过来，在我眼皮蜜蜂蜇痕处涂上唾液，问："可好些了吗？"我还是一个劲儿地哭，喊道："疼！"母亲赶紧把我带回家，用清水将我的眼皮洗了又洗，直到我的疼痛渐渐消失为止。母亲说："肿得跟熊猫眼一样，看你下次还敢捉蜜蜂了？"我对着镜子一照，竟"噗嗤"一声笑了起来。

母亲尽心尽力地经营着自己的菜园子，变着花样儿给我们做好吃的。有时，母亲为我们做韭菜盒子、南瓜丝盒子；有时，母亲为我们做南瓜绿豆粥、西红柿鸡蛋汤；有时，母亲为我们做小虾炒韭菜、肉丝炒芹菜，太多太多，难以枚举。大年三十，母亲还会从菜园子里采来乌菜为我们包饺子。我们家有这么好的一个菜园子，一家人都从心底里感到无比的喜悦、丰足。

这都是好多年前的事情了，至今，我的脑海中还常常浮现起母亲在菜园子里忙碌的身影。有时，我会在心中轻轻地呼唤，哦，母亲的菜园子。

作者简介：

周宝贵，安徽明光人。曾在《中国青年作家报》《安徽青年报》《河南科技报·文学艺术专刊》《中国文艺家》《乡土·汉风》《文学百花苑》《山东散文》《现代诗美学》、中国作家网等报刊网络平台发表中短篇小说、散文多篇。散文《踏雪寻梅》在青年作家网举办的"2020·全国青年作家文学大赛"中获散文组二等奖，《英雄小林》被远方出版社"文友星系丛书"《好看小小说》收录。

壶中日月长

王四清

(1)

我有各式各样、各种档次的壶，散落在家中拐拐角角。

办公室内多用纸杯。纸杯一次性，不庄重，也不环保，更兼来客常常点到即止，人走茶泼，对不起茶，也对不住茶农——便带来了壶。清雅，环保，庄重。

有友见了，问，你有那么多好壶，为什么选它？这个确实是最普通的壶，玻璃材质，不华贵，略显寒酸，但它好就好在明净。

一片冰心在玉壶。

(2)

没想到的是，这最普通的壶来到机关办公室却赚足了眼球。

究其缘由，它的奇特装扮让它圈粉了。它上有通天杵，下有鼎立足，身边四小跟帮尾随，腹内虽空，可明藏机关，确是意味深长。

譬如说人。你真是人中龙凤，但头上无角，行走无云，置身茫茫人海，又有谁发现呢？于是便有人言必惊人，行必骇俗，为的是求流量求关注。如今艺术界乱象丛生，也就不奇怪了。网络语言曰：好歹落个姿势！

此壶得其奥义。

(3)

话说上世纪末，我用一紫砂壶喝茶很有些年头。那个壶是我在黄山购得，钟形，正面刻佛像，背面刻的是行书"心经"，佛像惟妙惟肖，字小如豆，行笔流畅，一气呵成。该壶都是纯手工，做工精致，手感极好。

我对之宠爱有加，天天随身携带，真是不弃不离，相爱相亲。

水满则溢，该壶终陨。20 年过去，如果不写这篇文字，这壶我真的忘了。我试图找老照片，想寻到它的影子，终究没有寻得，只有靠记忆画了幅草图。

三国时期魏国文学家李康的《运命论》说："木秀于林，风必摧之；行高于人，众必非之。"这话虽然引用得不是很贴切，但正因为那壶的精美可人，我才用它，才让它经风经雨，如果不用它，它会依然在我橱中珍藏。而那些很糟的壶们，用吧没品位，扔了又可惜，送人没档次，它们就浩浩荡荡地跟着我的搬家大军，从那里到那里到那里，又转战到这里，定得天年。

壶生如此，令人唏嘘。

(4)

还有一位收藏名家送给我的桃形倒流壶，这种壶没有盖，向壶内灌水需从壶底管口倒入，又称倒灌壶、倒装壶。据载，倒流壶在宋代时最为出名，到了元代，其工艺发展得更加炉火纯青。据《元代瓷器目录》记载，"倒流壶"的制作工艺比较奇特，烧制需经过三道工序，每道工序都较复杂。将这三道工序烧制好后，然后依次连接起来才组成了构造精巧的元代"倒流壶"。

由于倒流壶没有可掀开的盖，与常用的壶比，密封得更严实，灰尘不能落入壶内。它与我们的神兽貔貅恰恰相反，传说貔貅触犯天条，玉皇大帝罚他只以四面八方之财为食，吞万物而不泻，可招财聚宝，只进不出。貔貅就被视为招财进宝的祥兽了。然后，祥与不祥，只有貔貅自己知道——痛则不通，痛乎哉?

生活中真有只进不出的人，这类人会有两个极端，要么成为守财奴式财主，最终睡到金棺材里去了，要么成为穷困一辈子的穷人，都不好，都不如倒流壶。

倒流壶告诉我们，水不管从哪个方向得到，终究要流出来的，只有流出来才是甘霖，不然成为死水一潭。

（5）

人过一百，形形色色。有钱的没钱的，地位高的没地位的，大汉或花男。人人都有光鲜的一面，当然也各有难处。

我有一只小壶，其小如龟孙。其用为何? 看看而已。既不能沏茶也不能装酒，就是个玩意儿。忽一日，好友发现了这尤物，建议说：可种金钱草! 意颇兴，连忙种上。竟绿意可人，如绿龟，姗姗可喜。

《资治通鉴》中有句："君子用人如器，各取所长。"量才适用，于壶亦然。有的负责沏茶，有的负责蓄酒，有的负责烧水。蜗角有国，我且封我这只小壶曰"微壶君"，挂职"金钱草科科长"，不亦宜乎?

（6）

茶壶并非壶之鼻祖。最早的壶是罐状盛器。《简明陶瓷词典》将这类壶的特征概括为："小口长颈，圆腹或扁腹，平底、假圈足、圈足或附三足。"这类壶的声名不佳，人称为空壶，破瓦壶，以喻为庸才。

现在壶的造型，我以为应该从"虎子"逐渐演变过来的。虎子其实也是壶，以其形似伏虎而得名，就是常用的溺器夜壶。"虎子"

据说起源于西汉。《西京杂记》曾记载，一天，李广打猎，射死一只卧虎，便"铸铜像其形为溲器，示厌辱也"。唐代李渊建国之后，因为李渊祖父名为李虎，遂避讳叫"虎子"，改为"马子"。宋赵彦卫《云麓漫钞》载："马子，溲便之器也。本名虎子，唐人讳虎，始改为马。"

这样看来，壶由下而上，由承接而至纳入，其变化可谓沧海桑田了。三十年河东，三十年河西，信然。

医师悬壶于市济苍生，百姓箪食壶浆迎王师，武将一壶浊酒喜相逢，文人一片冰心在玉壶。悠悠岁月，壶漏声声，人类始终与壶有着不解之缘。在这炎热夏季，天燥心烦，成"胡说"以供消暑，不必深究，掩口葫芦而笑可矣。

作者简介：

王四清，1965 年生，安徽省安庆市人。系中国民间文艺家协会会员，安徽省作家协会会员，安徽省美术家协会会员，安庆市宜秀区诗书画学会会长等，现供职于安庆市宜秀区文化馆。各类作品参展于国内外画展并获奖，发表于《人民日报》《光明日报》《安徽日报》《中国书画报》《美术报》《世界美术集》《当代美术三十年》等。出版有《王四清画集》《王四清散文集》《四清园》杂志20余种。

一碗粉蒸肉

王孝纯

在当今餐桌上，粉蒸肉是再普通不过的一道菜肴。但于我而言，它是特殊的，每次看到，我的心头总会涌起别样情怀，总会想起黄老师。

20 世纪 80 年代末，我在离家较远的一所普通高中读书，一个月才回家一次，拿些生活费和"罐头瓶"装的咸菜。周六的晚上，父亲常会悄悄出门去，握着手电筒，伛偻着腰去村里手头宽裕的人家借个三五十的。这点来之不易的钱，要省着用，要熬完一个月的漫长日子。一切都已降到最低，不够用时，只有从自己的饭菜里克扣了——菜，当然买的是最便宜的素菜。而高中阶段恰恰正是长身体的时候，肚内油水少，课堂听课，常常难耐那种空荡荡的、让人无所适从的饥饿感。

黄老师教我们语文。他高高瘦瘦的，大眼睛，厚嘴唇，脸色黧黑，常年穿一件灰色的旧夹克，夹克拉链一直拉到顶。一直是这样，并不知道为什么。冬天他也穿着这么一件旧夹克，背着我们板书时，毛衣从夹克里耷拉着垂下来，伴随手臂动作，下垂的毛衣也一动一动的。

他讲课声音大且干脆，音带方言，例如把"贡"读成"棍"。听多了，习以为常。他常会根据学生的提示纠正读音，但往往事与愿违，发音还是不准确，惹得大家哄堂大笑。他也常常像个孩子似的羞赧和自嘲，没有一丝老师的架子。上课讲到得意处，他会停住走动的脚步，弯腰，脖子探出向前，嘴唇撮起，大大的眼睛瞪得大大的，直视于你，神情略显惊异状，同学们并不紧张，知道转瞬间而来的是他孩子般纯真而持久的笑容。夸张的肢体动作，丰富的神情，跌宕起伏的课堂节奏，独特的方言，总让课堂充满情趣，让我稍稍忘记腹内的饥饿。

一天上午的第二节课，黄老师捧着书本来到班上，他放下课本，搓着双手，黧黑的脸上笑容满面，扫视全班，略显兴奋地对同学们说："我刚才路过食堂，闻到粉蒸肉的味道，好香呐！"同学们昨天听老师讲"肉食者鄙，不能远谋"的句子，今天忽然来一句"肉好香"，大家一起笑起来。黄老师也跟着笑，笑完，似乎若有所思，不语。下课后，他立即大踏步走了。

中午的食堂弥漫着粉蒸肉的诱人香味，班上很多同学边笑边买了一份粉蒸肉。我还像往常一样，一份米饭一样素菜，正准备离开窗口，打菜的大师傅端出一小碗粉蒸肉，对我说："你是二班的小王吧？这份肉是你的，黄老师已经买过了。"我讷讷地接过粉蒸肉，想起他拉到顶的夹克，想起他露在夹克外的衬衣，眼中氤氲一片，瞬间凝成泪水，唰唰地顺着脸颊流下。

后来我才知道，那天，黄老师给班上五名家境困难的学生各买了一份粉蒸肉。我可以想象，我可以坚信，即使此生再也不被世界善待，我们都会永生记得黄老师的粉蒸肉，记得那一份纯真的、深沉的感动。

几十年过去了，我也成了一名教师。每当看到餐桌上被大家漠视的粉蒸肉，往事如昨，泪水潸然，却又欲说还休。现在的孩子，他们能理解一份在他们看来油腻且普通的粉蒸肉，对于一个农村贫穷家庭孩子的诱惑吗？他们能理解我接到粉蒸肉时心里的百转千回万般滋味吗？怕是也难。但我相信，其中的师生情，他们是可以理解的。千古同此心。

我每年都要去看一次黄老师，跟他说说粉蒸肉，说得他笑起来，说得我，依然潸然泪下。

作者简介：

王孝纯，1973年生，现任职东至县教育局组织股，在省市期刊、报纸副刊发表作品200多篇，获得省市散文、小说、报告文学类征文奖项30多个。

梨子园

宋海明

搬离梨子园已有 20 个春秋，却常常梦回，因为那是生我养我的地方。

它叫梨子园，但我在这里从未见过梨子树。一夜纳凉时，父亲告诉我，梨子园确实因梨树而得名，梨子园的梨子又大又甜，它是历代先人的生活补贴的来源。

我太祖父主持家政的某一年，梨子园的数百棵梨树棵棵缀满滚圆的果实，惹得邻人红了眼。白天不好下手，便晚上去偷。有天晚上，看园的太祖父因为太过疲惫，睡得很沉，偷梨人连床带人一起抬到池塘边，床门朝着池塘。当他被偷梨人惊醒，起身抓贼时，迷迷糊糊中一脚踏入池塘，虽未溺亡，却因此受了惊吓害了一场大病。病好后，他将梨树全部砍光做了柴火。从此梨子园空有名称，如雪的梨花再也不曾在这里的春天开放。

自我出生，梨子园只有 5 户人家，都过着日出而作、日落而息的日子。几十口人，虽然有时为房前屋后、稻场收晒诸事闹点矛盾，但在遇到困难时，一家有难众人帮，有钱出钱，有力出力。那时候苦，一家猎个獾子，香香地烧了萝卜，不管自家孩子怎么馋，也得一户户地分送。

梨子园人苦。我奶奶、叔奶奶、大伯母都是 30 来岁守寡的。我奶奶是小脚，行走不便，但白天依然男人一样干活。晚上回来，还要帮人家裁衣制裳，以换些钱物养活着 6 个儿女。大伯母的命运与奶奶相似，她也是凭着裁剪和打零工，将几个孩子拉扯大。

1976年我母亲病逝，丢下兄弟姐妹9人，父亲由于悲伤过度也一病卧床。但他知道，死是容易的，也是可耻的。他不能看着9个儿女活活饿死，依靠读了几年书的底子，借来几本中医药书，根据自己的病症采挖草药自疗，竟然在半年之内奇迹般地治好了自己。

父亲开始以养猪为业，很累很忙。有一次，他看到某家盖房有人送中堂对联，便试着画画，写对联，无师自通地干起了装裱中堂字画的活计。父亲的艺术天分颇高，我曾记得他画的上山虎、八仙图、孙悟空、钟馗等字画供不应求。最后他找来柳树木板，找铁匠打造了铁凿子，自己雕刻了板画，用手工印刷后涂上颜料，上门买画的人就不用等了。就这样，父亲靠着自己的手工画，在最困难的岁月养育了9个儿女，甚至还将三哥培养成了国家教师。

我的堂叔则不然，他外出学了一年泥瓦匠，回家便当师傅，领着3个儿子和小舅子当学徒，走村串户给人家盖房屋。有一次盖房时，堂叔不小心从屋顶摔下跌伤，在养病中，他琢磨出婚床雕刻花板，刻的龙凤似乎自带风云。身体康复后，他白天做泥瓦匠，晚上给人家雕刻婚床，过上了不错的日子。80年代后期，堂叔将自己几个儿子、女婿、小舅子和徒弟组成了建筑班子，去县城当起了建筑包工头。

梨子园在世纪初搬离了，几户人家风流云散，但我相信，无论在哪里，我们都一定会过出好日子。一是因为时代越来越好，二是因为梨子园人身上的那股拼劲，那股灵气，让他们身在何方都会如梨花一般灿烂，梨花一般不俗。

作者简介：

宋海明，资深媒体人，安徽省作协会员、安庆市作家协会顾问（曾先后在中国日报、人民日报、中央广播电视总台任职）。创作电影、纪录片、戏剧、小说及新闻、摄影作品6000余篇（幅），多次获省及国家级以上奖励，并受到全国多家及海外近百家媒体宣传报道。

鲜花装进菜篮里

章　臻

1999 年 6 月 14 日，因为工作调动，我们一家三口从家乡小镇搬到县城。

从小镇到县城，路程不足 40 公里，然而，一端是熟悉的乡土，父母亲朋，另一端是全然陌生的新环境。在这里，我们没有房子，亦无故旧。我们的情况是孩子就读的小学离家更远，工作比先前更加忙碌，受行业体制机制改革冲击，抓紧时间"充电"已成为刚需……以前那种"小镇节奏"全然打乱，生活似乎变成一地鸡毛。

当然，也有令我们甚感宽慰的事，比如单位领导对我们都十分关心，也很器重；比如，同事们都是那样的和善、有修养、朝气蓬勃；比如，县城的书店要比小镇多，比小镇的大；县城的鲜花店，不仅在花品上超越小镇，花架上展示的花艺更是精美，气质独特……

鲜花，多么美好的植物啊，它以色、香、形、媚四美和无限的生机活力让人怡情，让人热爱，让人忘我。赏花如同听乐，它能让我们由桎梏到自由，从有限到无限，让世界柔软成一截音符，让坚硬的世界软化、消散成星光，流淌进生命之中。

托尔斯泰说："生活，就应当努力使之美好起来。"是啊，观花如观镜，得在庸俗而繁乱的缝隙里挤出时间去"努力"，去追寻一丝温馨，一线诗意。大约就是在这个时候，我爱上鲜花，爱上那些养花的瓶瓶罐罐。

如果不是去做专业的花艺，只将鲜花当作居家装饰，从中体验一份怡情悦性，不过分强调思想内涵和技艺，那么寻常居家插花并非难事，也无需多大开销，根据实际情况"就材取意"或者"就意取材"。比如在选用花器上无需太多刻意，只要心有意境，一只碗一个罐头瓶也能养出一份心仪的花样。不必选购奇花异草，那些经济实惠的如时令百合、玫瑰、康乃馨、马蹄莲，一样的有着别致的美，达到赏心悦目的效果。

当然，如若掌握些许常识，比如挑拣含苞待放的花骨朵，枝条大小与瓶形各异的搭配，疏密有致，动静相宜，随意、流畅之美；比如掌握一些延长鲜花寿命的小诀窍……那就绝妙无比了。

房舍豪华也好，简陋也罢，只要那些当着花器的瓶瓶罐罐摆在桌子上，条几上，柜橱边，即使没有插上鲜花，也已有了几分意境和气场。与这些瓶瓶罐罐们同处一室，便像是结交了三两知己，心情自然有别于往日。逢年过节，在这些风格各异的瓶罐里插上鲜花，哪怕是零星的几朵，家室便即刻馨香起来，明亮起来，人也便生机起来，欢悦起来，期盼起来。

当然，修枝剪叶，迎香淋露，好比赋诗作画，瓶中插花是件风雅之事，倘若遇到粗俗之辈，于花事之中伤了风雅，不免会留下笑柄，成为人们茶余饭后的谈资。

有一年腊月三十，我早早地便去了小城最大的一家农贸市场，买了满满一篮子过年时蔬，照例又在花店买了花料。那年，我们搬进了两室两厅的新居，插花的料自然要备得更多一些，于是买了金鱼草、银芽柳、百合、蜡梅、康乃馨、玫瑰、满天星……太多了，多得一只手臂都捧不下。怎么办呢？大年三十，杂事自然比平日多几倍，总不能为一捧花还要再跑一趟吧。便急中生智，问花店老板要了一只包装袋，将菜篮里的菜蔬装进袋子里，再将鲜花小心翼翼地摆放进菜篮里。就这样，我一手提着袋子，一手拎着盛满鲜花的菜篮，菜事花事皆齐活，便踌躇满志地往家走。

如果有一天，你看见一个如我这般光景的人满面春风地走在大街上，你会作何感想？

那天，我路过单位总部大楼时，手机响了起来，一看是单位领导打来的。领导哈哈哈地笑起来，说菜篮装鲜花啊，很新鲜，很新鲜……这是一位很亲民的领导，因为口才文才极佳，又善解人意，风趣幽默，单位内外铁粉众多。显然，这位领导是在楼上的窗前看见路上行走的我。我也"哈哈哈"地笑起来——

看看自己左手提袋，右手拎着装满鲜花的菜篮，似乎不伦不类。鲜花，多浪漫，多雅致，多有诗意，怎么能装进粗俗的菜篮子拎着走呢？

但这是菜篮的想法，鲜花也许从来不在意你用什么装它，无论怎么装，它都是鲜花。

"把所有的忧虑都放下，把大捧的鲜花带回家"，诗人江艺平在《鲜花与希望》里就是这么写的。

作者简介：

章臻，女，笔名舒涵，1968 年生，居合肥。散文作品散见于《安徽日报》副刊等报纸杂志。

一缕粽香

张　梅

又近端午，粽子的香气在心里散开，回忆如烟，袅袅萦绕。

那时候生活贫瘠，粽子是难得的美味。刚到四月，我便如春江里最敏感的鸭子，感受着粽叶的长势，看着它们摇曳生姿，心里隐秘的快乐便随其一起生长。端午节前夕，父亲会被我一天提醒好几回："爸爸，要准备裹粽子了！""爸爸，你没忘记吧？"父亲或是装作忘记了，装作努力猜想的样子；或是摸着我的脑袋，说："怎么会忘记呢？忘记吃饭也不能忘记这个。"我便开心地笑了。终于有一个日子，父亲忽然对我说："小梅子，咱们采苇叶去。""嗯？啊！"我一蹦三尺高，屁颠儿屁颠儿地挎着小篮子跟在父亲后面，朝大塘口小跑而去，一边走一边喊："爸爸，等等我，等等我！"

大塘口的苇叶青绿宽大，包出的粽子煮熟后清香扑鼻。父亲下水采，采好了放在地上，我就乐呵呵地捡起放进篮子里。大塘的主人过来了，一边跟父亲说话，一边逗我玩："我听说，小梅子爱吃粽子。要不就给我做孙女吧？我家这么大塘，可以天天裹粽子给你吃。"虽然他这话年年说，可是我还是赶紧朝父亲走去。他和父亲便一起大笑起来。临走时，他捧出两手的栀子花，递给我，说："你看，小梅子，我家还有栀子花。要不，你再考虑考虑？"我一边瞅着他满手的白香，一边迟疑着。这时候他又大笑起来，将花放在篮子里。父亲道过谢，便带我回家去了，身后大塘边，看塘大爷依然笑眯眯地看着我们。如今，塘还在，大爷去世了，苇叶消失了，白茫茫的水塘里养着水产。

包粽子是个繁冗的技术活。采苇叶、修整、沸滤苇叶、洗泡糯米、备辅料、备线绳，一切准备就绪，父亲就开始了这看似简单实则细致的技术活。青绿的叶子在父亲的手中翻覆，纤细的绳线在父亲的指间穿梭，雪白的糯米在青碧的叶间憨卧，片刻，一个精致紧实的榔头粽在父亲的指间完美收绳。

我爱拿着父亲包好的粽子，翻过来倒过去地看。那时候特别纳闷，一向心灵手巧的母亲一直都不会包，看似粗笨的父亲却能做到手法娴熟。记忆中，好像没有什么事可以难倒父亲，文的武的粗活细活信手可拈。父亲去世多年之后，桀骜的大姐夫在一次家宴中无不感叹地说，这一生只服过父亲一人。父亲军人出身却是极为儒雅，待人处事谦逊坦诚，深受小镇人们的爱戴。在父亲猝走之时，镇上男女老少皆自发前来相送，悼念，那一幕至今印留脑海。一直到二十几年后的今天，年长者提起父亲仍是一番唏嘘。父亲走后，我从不愿在任何人面前提起，甚至哥哥姐姐们提起时，我也会默默走开，在我心里，父亲一直都在，这种啼血的感情何须语言苍白表述。

家里人都爱吃粽子，唯独我对粽子钟情至深，父亲包的粽子虽不是特别大，也不算小，我竟一次可以吃上五六个。每次粽子煮好，父亲就会反复嘱咐母亲，千万看着我，不能让我多吃。我听了很生气，几天没理父亲，父亲只是摸着我的头笑着说，吃多不好，但我哪里肯信。后来母亲告知我，几年前因为我贪吃粽子差点胀结而死，当时把父亲吓得够呛，此后每次吃粽子都让母亲看着我不让贪吃。

渐渐长大的我，消化功能也渐强，对父亲包的粽子吃起来更是无所顾忌。父亲看到总是笑着摇头，这丫头怎么吃粽子没个够。那年的端午节，父亲突然对我说，小四（我在家排行第四，父亲走后我不许任何人再叫我"小四"），你那么爱吃粽子要会包才行，假如有一天我不能包给你吃，怎么办啊？说完，父亲还叹了口气。年少的我任性地说，爸，你得一直包粽子给我吃，我要吃一辈子你包的粽子。说完，我想溜出去玩，父亲却一把抓住我的手，乖，小四，来跟爸学包粽子，学会了奖励你今天多吃几个粽子。我一听，立刻顺溜地坐在父亲身边的小马扎上，学着父亲有模有样地包粽子。没想到我竟第一次学艺就成功了，虽然包的榔头粽歪扭得难看，绳子也系得不是太紧，但糯米却没有漏出来。父亲不吝美词地夸奖我，又教我包三角粽，几番练手，三角粽我也会了。后来，端午节包粽子，不再是父亲的专利，小院里总会有父女俩开心的声音。父亲走后，每年包粽子成了我的专利，我依旧搬来两个小马扎，然后一个人独自包粽子，一边包，一边流泪，或微笑，或笑中含泪。那些榔头粽、三角粽里面的馅料是父亲最爱吃的红豆蜜枣。

时光荏苒，离开小镇已近十年，而县城里的端午节，超市里有品种繁多、料馅多样的粽子出售，记不清什么时候开始我已不再包粽子了。又是一年端午至，闺蜜早早就送我一些成品的粽子，很糯很甜料足，我竟连一只都吃不完，我怀念的，我牵系的，是儿时的那一缕粽香。

作者简介：

张梅，寿县作协副秘书长，教师。

横江行

常兴胜

巍巍乎天门，汤汤乎横江。

春花才谢，夏日起头的荼蘼花半开，行走在和城之南的西梁山的山路上，松柏苍松、槐楝乌桕，望之蔚然深秀。山路元无雨，空翠湿人衣，王维写的哪是秦岭山中景致，分明就是西梁山。诗意与眼前的情景水乳交融，东坡称赞王维诗中有画，画中有诗，这样的诗句人人喜欢，西梁山的胜景惹人爱。这里荫翳蔽日，民国文人废名用"日头争不入"描写树荫，自为神来之笔，他不过把"日头"拟人化而已。

若说神来之笔，要数西梁山石壁上的摩崖石刻"振衣濯足"，四个大字苍浑古朴，虽经岁月风雨，字迹漫漶剥离，但依稀可见东晋书圣之风采。"振衣濯足"为西晋左思《咏史》诗八首之五"振衣千仞冈，濯足万里流"的集句，细思王羲之有归隐林泉、挂冠天门之意。而石壁下另有摩刻"天门"二字，《直隶和州志》记载，乃为善于摩崖窠书的明代和州州守池显京留下的题额。这位"萧然布衣"在和州执政期间免征牛税，字规矩如人。人清廉，风清气正，一派清明自不待言。欣赏东晋摩崖石刻奇逸雄浑，更欣赏明人太守清正廉明。

沿石级东下，一径芬芳沾衣落身。横江的浪花四季常开不败。外滩上，浸水沙潮暗，干燥沙细白，同行的云为人师表，常带着学生来此踏青，孩子们在白沙上用手写字画画。手抓一把白沙，光滑细细有暖意，顷刻间，粒粒细沙不经意从指缝间滑落，这就叫沙漏吗？这就是时间吗？不觉中，日近正午，阳光有点毒辣，沙白渚清，江水明澈，不似从前浑浊，据云言，这是长江治理之果。

任性的长江桀骜不逊，却在楚江头天门处，谦谦若君子躬行北去，才留有李白"碧水东流至此回"之诗句。

玉带横陈，横江，一练江水丝绸般柔滑，一路向北，乘舟横渡江东，东梁横看成眉侧成虎，天门硬是被长江生生地一分为二，一为西梁，一为东梁。两山对峙，咫尺天涯，不能相守相拥，细细想来，二者更像是牛郎与织女，被天宫王母发落人间，一条天河横在眼前，只能日日相望，夜夜相思。江水是他俩思念之泪，思之切，泣之血，血成河，染红了这条江水，也映红了西梁山峰。

地处吴头楚尾的天门，春秋时期，曾上演长岸之战。《左传·昭公》记载，楚吴两国水军曾在此激战，吴王阖闾率军杀死无数楚军，江河一片血红。阖闾善谋，而其子夫差就不如他，建馆娃宫，筑响屐廊，不爱江山爱美人，迷恋西施响屐舞，最后被手下的败将勾践打败也在情理中。卧薪尝胆，自会苦尽甘来。

西梁山曾打响渡江战役第一枪，方圆不大地势也不高的山峰上，有一千五百多名烈士长眠在苍松翠柏中，他们的鲜血染红了这座峰岭，也染红了这条江水。

横江浦，春秋无渡，若有，伍子胥便可渡江吴国，也就没有渔邱渡、浣纱祠的传说，历史没有如果。一条长江横在眼前，令李白长叹长吟《横江词》六首，不能横渡江东，江水浪高风急。千年后，九泉之下的李白如有知，看到如今马鞍山长江大桥飞架东西，自当长叹生不逢时。

在江东天门公园，李白如影随形。眼前一尊铜铸诗仙塑像，远远见他举目西望，青衫飘飘，腰上系着的酒葫芦如鸣佩环。近前，似闻见一缕酒香，金陵酒、新丰酒、菊花酒、鲁酒……想来全不是，应为太白酒。我曳他衣之角，喃喃低语：不急，李翰林，顷刻过江，一览西梁，凭吊历阳勤将军故居。他心领神会，默不作言。

天门圣境、天门酒楼,以李白《望天门山》诗意取名建造的楼宇酒肆,白墙黛瓦,徽派式建筑,古色古香,让人恍若隔世。遗憾这些永久式木架建筑因外滩泄洪,不日被整体搬迁,此时有人去楼空之叹,好在这里并不荒凉,楮树、刺槐、桂花、杨柳、桑树、银杏、女贞……杂树繁花,行走其间,脚踩松软的草甸,满目翠绿,一条江中支流清澈明亮,岸湄芦荻青黄,在水一方的诗境呈现。水边的垂柳已有多年,端详着,用双手围抱着,像见到久违的丽友。

生不能同时,死也要结芳邻。李白追寻着谢脁,终老于大青山,与谢脁做了邻居。当代草圣林散之追寻着诗仙李白,身后也与李白比邻而居。此时全身仿佛沾上仙气,行至瑶池,远望东西梁山恰便似牛郎与织女,长江是河汉。河之湄,桂荫下系好浮槎,江风习习,几人相忆在江楼,冰轮下,月迷津渡,浮光跃金,静影沉璧,这是大唐气象?回望来时路,横江一练,很想在此留一宿,听涛,千帆过尽,舳舻相连,浪花拍岸,巨浪滚滚。此时眼前西楼、红瓦、江浪、白沙、月光、树影意象毕现。

满眼飞絮,念起"一川烟草,满城风絮,梅子黄时雨",贺梅子,这位和州通判来天门游览,写下"天门束箭流,北注据牛弩。凌高驻翠华,舟师耀威武。当时侍帷幄,谁复徵往古。虞舜有苗征,端为两阶舞"。此诗颇有雄浑豪放之美。站在西梁之巅,峨眉依旧,碧水北去,陈桥唤渡不再,沧海桑田,千亩良田丰美,麦浪滚滚,房舍俨然,道边油菜秸秆香时断复续。

天门山,横江水,让诗仙魂牵梦绕,也让今人流连忘返。

作者简介:

常兴胜,男,和县人,安徽省作协会员,从事散文创作,先后在《人民日报》海外版、《安徽日报》《扬子晚报》《南京日报》等报刊媒体发表散文等作品,曾获得第四届"相约北京"全国文学艺术大赛二等奖、马鞍山建市 60 周年"我与家乡"征文第一名、"我的诗城我的梦"市文联 2017 年大采风活动创作成果优秀作品奖等。

记忆深处的栀子花

柯素芳

雨后的早晨，空气纯净而清新，步行上班，路过一个菜市口时，隐隐地，有花香飘来。循香寻去，见一位老奶奶跟前，放着满满一篮栀子花。又是栀子花开的时节了。

不由就走近了。一层层雪白，连着翠绿油亮的叶子，静静地卧在竹篮子里。有的外层还透着隐绿，上面露珠闪烁，洗净铅华。蹲下身去，从篮子里挑了十来支，满心欢喜着，一边走，一边看花，一边闻，那沁心的花香在心的褶皱里弥散开去。

将栀子花分出几枝放在办公桌上，几枝带回家中，装在盛满清水的玻璃杯里，置于书桌的一角。不久，馥郁的花香便弥漫于整个房间。暮色降临，在氤氲的芳香中，那些与栀子花有关的往事，慢慢地浮现在脑海里，让我沉醉，亦让我忧伤。

对栀子花最初的记忆，来自儿时祖母家后院的两株栀子花树。印象中，那两棵树有一人多高，长得粗壮繁茂，状如伞盖。每年端午前后，一朵朵洁白的栀子花，便悄然点缀在翠绿的枝叶间，如未染尘世、含羞不语的少女。一朵一朵，细腻润泽，白如凝脂，清风拂过，芳香四溢，令人陶醉。

据祖母说，那两棵花树是我的表姐菊栽植的，菊是四姑姑的女儿。祖母非常喜欢栀子花，每年栀子花开的季节，四姑姑都会将自家院子里的栀子花折下一些，让表姐送给祖母。四姑姑家住在偏僻的乡下，离祖母家有二十来里路，当时交通不便。表姐想，这样远的路途，步行过来，早上采的花，下午送到时都蔫儿了。当年只有十六七岁的表姐，便起了为祖母种花的意愿。于是，祖母的院子里，便有了两棵栀子花树。

记忆中，栀子花盛开的每个清晨，祖母总喜欢采摘一些带着露水的花儿，分送给左邻右舍的大妈、大婶、媳妇、姑娘们。每每此时，她们都满怀喜悦地接过花，然后，迫不及待地戴在发上，或别在衣衫上。那袅袅的花香，随着她们忙碌穿梭的身影，浮动在空气里。这样的时候，即使穿着最寻常的衣衫，即使长着再普通的模样，也会因那一袭花香，生出几分隽永的气韵，变得清丽动人起来。

那时，祖母也常挑一两朵白白胖胖的栀子花，扎在我的辫梢上，然后默默不语地看着我笑，眼睛里似乎还藏着一种不易觉察的忧伤。那栀子花随着摆动的小辫子摇摇曳曳，在上学的途中，摇洒下一路的芬芳。我除了喜欢把栀子花戴在发上，还喜欢把它挂在蚊帐里，放在睡枕畔，夹入书页中，甚至，用祖母的针线把几朵花串成串，系在家里小花狗的脖子上。栀子花开的日子，真是馨香四溢的日子啊！

后来才知道，这样的日子，对祖母来说，或许是一种忧伤的日子。那个为祖母栽植栀子花树的表姐菊，没等到花开，就在如花的年华逝去了。那时，我还年幼，虽然知道表姐菊不在了，但还不懂得生离死别的伤悲，直到长大后，才明白祖母眼里的感伤。如今，祖母离开我已有二十余年，四姑姑几年前也走了，祖母生前的老房子，也因某种原因早被拆除了，那两株栀子花树也不知了去向。

栀子花开，年复一年。此刻，在浓郁的芬芳中，我禁不住又想起儿时的栀子花和那些温馨而酸涩的往事来……

世事沧桑，岁月的河床上总会留下些许美好的印记，成为一种标签——标注往事，温暖余生。譬如祖母的栀子花，馨香里带着怅惘，寂寞中略带忧伤，铺开童年的记忆，一片美丽与思念一同袭来，让我在时光深处静听季节的歌声，栀子花——童年的花。

作者简介：

柯素芳，基层机关工作人员，安徽省作协会员，现居于合肥。喜欢写散文、随笔。作品散见于《人民日报》《中国劳动保障报》《南方日报》《南方法制报》《天津日报》《南京日报》等60多个国家级、省级、市级报纸杂志上及光明网、新华网、搜狐网等网站上。出版了个人散文随笔集《流年里的那抹香》。

钥　匙

张　铭

　　晚餐我做了猪肉炖粉条、清蒸虾、油焖茄子、西红柿炒鸡蛋和炸牛排。

　　做好这些菜的时候，快七点了，但是透过厨房的窗玻璃，看见那里的天空依然有一种明亮的蓝色。我洗了手，而后给佳瑶去了电话，我听到佳瑶的电话铃声在客厅的茶几上欢快地响起。

　　感觉无所事事，我便准备下楼。楼下商品房对面，一个路牙边上有三两个人在看着别人下棋。先前回来的时候，我瞥了一眼。其中的一位棋者神色坦然，手里捧着一杯茶。我换上鞋，往兜里搁上了香烟和打火机，我在想，他们应该没有散去。

　　他们的确还在博弈，但很快就人去场空。我先是听见一位棋者大声说道："别动，搁着别动，你都悔几步了？"接下来是另一位棋者执着的声音："我动了吗，我动了吗？我这不是在比划吗！"我一边往前靠上去，一边从兜里拿烟。看棋的人有发出调解的声音，显然没有奏效。两位棋者的对话争先恐后。"你那个'车'是怎么回事？放在我的'炮'眼上又退了回去，我这有一门'炮'看不见啊？""你手在那挡着我看得见吗，再说了，吃'车'你不得说一声呀。"我拿起打火机点了烟。我想继续倾听他们的对话，但他们的对话戛然而止。有一门"炮"的棋者站了起来，他拿起茶杯和屁股下面的一张小凳子，一边离场一边说道："算了吧。"

　　"算了吧"的棋者离开后，我站在路牙边看见佳瑶和一个男的并肩往我这边走。他们可能有一个共同的话题，边说边笑。我迎了上去，佳瑶这时候也看见了我，她停了下来，对身边的那个男的介绍说："我家他。"那个男的面带微笑地伸出手来，他说："你好，你好，瑶瑶经常和我讲到你。"说完用眼睛在我的脸上和身上来回看了几遍。

他是谁呢？这个男人我真的一点记忆都没有，佳瑶也没有向我介绍他。按理说佳瑶身边的朋友我应该都见过，但唯独这个看上去五十多岁的男人极其陌生，而且听口音还像是外地人。重要的是，这个外地口音的男人在和我们告别时，还带着威胁的口吻对我说："好好对待瑶瑶，不然我就带她走了。"那时候，夹在手指间的香烟烫到了我，我哆嗦了一下。

那个男人去了路边，而后上了一辆出租车。

"他谁啊？"我问佳瑶。佳瑶对我说："想知道吧？"我说："想知道他以后会带你去哪。"佳瑶说："那从现在开始你就别黏着我。"我说："错觉，我一直都没有黏着你。"我伸出手去，拍了拍佳瑶的肩膀，说："佳瑶啊，你知道吗？你这个人最大的缺点就是太自信了。"佳瑶说："我这个人还有一个最大的优点你知道吗？"我说："有吗？"佳瑶往边上移了一步，她让我的手掌从她的肩膀处滑落。佳瑶说："我对新鲜事物从来不拒绝。"我说："这个是不是优点真不好说。"我这么说着的时候，那个男人的影像如一群鸽子在我的眼前飞来飞去。佳瑶看我若有所思，莞尔一笑，说："心里堵得难受吧？"我说："有点。"佳瑶说："实话，给你点个赞。"我说："点赞就不要了，回去陪我喝两杯吧，今天我做了几道菜。"说完我和佳瑶转身离开了路牙。

我们转身离开路牙的时候，又过来一些人在这里支起了棋摊，但物是人非。我和佳瑶上了楼，来到家门口时，这才发现先前下楼的时候，我的钥匙落家里了。佳瑶看着我没动静，喊了一声："开门啊。"我说："钥匙丢家里了。"佳瑶说："这下好了，我今天钥匙和手机都没带。"我说："你总是这样。"佳瑶一脸不悦，说："怎么啦，你这么一点时间都往外跑，还怨起我来。"我说："我这不是想下楼迎你嘛。"佳瑶说："骗谁了，迎我？你啥时候迎过我？"一个楼上的住户连同一阵狗吠声从楼梯里下来，嘹亮的狗吠声让楼道灯突然打开。我在脸上挤了些笑容，说："遛狗去啦。"佳瑶停了一会儿，继续说："也就那么一次迎过我，左一个电话右一个电话的，手里还揣着一盒巧克力，你以为那天你想什么我不知道啊！"我说："我想什么，还不是想让你早点见到我嘛。"外面的天色开始变暗，佳瑶走出楼洞口，我也跟着走了出来，我们肩并肩地站在走廊上。有一丝晚风徐徐吹来，我看见佳瑶的头发在那儿翩翩起舞。我说："等一会儿吧，一会儿你儿子就要回来了。"佳瑶轻轻地说："真有些饿了。"我说："去楼下买点吃的吧。"佳瑶的目光转向了我，她对我说："老公，你觉得我们现在过得好吗？"我还没有说话，佳瑶的目光收了回去。佳瑶说："之前你看见的那个男的，是我妈妈家的邻居，这次从上海回马鞍山是来看他女儿的，他女儿上个月离婚了，现在办了居家休养。"我说："准备把女儿接到上海去吗？"佳瑶答非所问："以前我们多好啊，从来都不说我。"我点了一支烟。佳瑶说："那段时光我真的很幸福，尤其是看到你对我的孩子也挺好，当然，现在也挺好。"我还在吸烟，我不知道说什么。佳瑶伸出手来，她从我的指缝中拿去了香烟，而后掐灭在了地上。佳瑶说："其实我也知道有些事不能怨你，你也挺不容易的。"我说："谁容易啊，哪个人不得面临一大堆事啊！"我接上了。佳瑶喃喃自语："是不是更年期到了？"我笑着说："好像是的。"佳瑶顿了一会儿，说："我是说你，我更年期还早了。"

　　我们就这样说着的时候，佳瑶的儿子突然出现了我们身边，他问我们怎么啦。佳瑶说："快开门去。"佳瑶的儿子站那没动，他很认真地告诉我们："要一个开锁师傅电话吧。"佳瑶说："你这孩子，出门怎么钥匙也不带啊。"

作者简介：

　　张铭，在《芒种》《作家天地》《福建文学》《百花园》《短篇小说》等刊物发表小说、散文若干篇。获 2015~2016 年度马鞍山政府太白文学奖散文类二等奖。

母亲的戏

王爱慧

前几日，去红草湖散步，路过情人桥，发现桥下搭了小戏台，台上演唱的多是上了年岁的票友。他们没有勾脸，穿的是日常的衣服，毫无身段可言，唱腔自是不能和专业演员相比，可他们对演戏的那份火一样的痴迷，却能如期点燃台下那一帮小城戏迷。

前来听戏的那一帮人，同样都是上了年岁的人。看得出来，他们是打心里喜欢听戏的，很享受的那种喜欢。听戏的那一刻，他们身上焕发出沉寂在岁月里，对美好生活的渴望和期盼，我恍惚觉得母亲就坐在他们中间。

早年，我母亲极喜欢听戏。每回去听戏，必要换了压在箱底的当家衣服，那衣服穿在身上，衣缝笔直。必抹上桂花油，临走再往斜襟的纽扣眼里簪上一枝现从枝头摘下来的栀子花，香得碰鼻子。那份隆重让你以为听戏是世间最奢华的事。

别人听戏，但凡听了一两出之后，会开口唱上一唱。我母亲不。她喜欢说。她看过一出戏之后，多半要把这出戏说出来，往往于漆黑的夜里，在灯下，细细说给我听，平添了许多细节来，细节里生出感动来。母亲说过之后，会感叹：咦，王宝钏寒窑等薛仁贵十八年哎……那一声"咦"，让我足够警醒，原来人世间的爱情是一剂灵丹妙药，需要用时间来慢慢煎熬。那一刻，我的心思都给了王宝钏，王宝钏是世间最美丽的人，王宝钏的寒窑是世间美丽的殿堂。母亲的戏里不只有王宝钏，王宝钏身后，站着杜丽娘、林黛玉，以及许多个杜丽娘和林黛玉一样美丽的姑娘。年长之后终于明白，小姐多情，公子薄幸，这原本是旧戏文里的常有套路，这套路于当年听戏的人就是事实，母亲听戏后的每一声叹息都会在夜晚转为我的怅然。

有一天，我终于和母亲说，我也想和她一起去看戏。没承想，母亲竟然同意了。我们小镇是不唱戏的，要听戏，得去十里之外的冶山铁矿。

这铁矿是江苏的，比我们的小镇也大不了许多，只是和我们小镇大不同，我们小镇的饭店只卖大饼油条，这里的饭店居然有馄饨卖。当然，这馄饨我们是吃不上的，我们来这里是听戏的，哪有江苏粮票来吃这个馄饨呢。母亲和我说，馄饨也叫饺面，下次来，找人换江苏粮票，就可以带我坐下来吃饺面了。我知道，那是母亲安慰我的话，并没当真。

铁矿除了卖馄饨，也有卖冰棒，那冰棒厂比戏院还要大一些。我平生第一次贴着玻璃窗见到了那么大的机器，用那么大的机器来造小小冰棒让我很不理解。这冰棒，我是吃上了。五分钱的冰棒，母亲给我拿钱的时候，丝毫没见犹豫，这和她平时节俭的习惯很不相符。

现在再回过头回忆当年听戏的细节，唯有馄饨和冰棒印象清晰，进戏院听戏的那一幕，模糊得很。戏好像是《珍珠塔》，好像又不是。只是感觉不理解一个大富大贵的小姐为什么把脸抹那么白，嘴唇也红得让人心惊，并没有我家两个姐姐好看。那个公子，让我母亲一再落泪，我怎么也喜欢不起来他。扮演他的是个老男人，岁数能做落魄公子的爹。在他身上，只见衰败，连同戏文里的落魄剧情，让人见了他就想赶他下台。老成那样的公子，不落魄才奇怪。

好不容易，一场戏才结束，和来时一样，母亲坐在父亲自行车后座，我则坐在自行车大杠上，去时已经坐过一回大杠，回头再坐大杠，反而不感觉屁股疼了。只感觉父亲的车跑得比风还要快几分。

只消过一夜，便不再感觉那小姐的脸白得过分，小姐的唇原本就该那般红的，公子的落魄才格外牵动人心。

旧的戏文还在被传唱，小姐多情、公子薄幸仍在人间，母亲和父亲却被风一齐带走。

一日，我路过在桥下戏台，远远地听了回戏。台上小姐和公子遮不住各自的老态，生活的窘迫一一写在脸上，他们的歌唱和记忆里冶山铁矿戏院舞台上的歌唱自有不同，一个是自我开怀，一方是塑造唯美境界。当我兀自一人伫立在风中，终于听懂了舞台上的那些唯美和落魄时，我已经老了。

作者简介：

　　王爱慧，女，教师，安徽省作协会员，发表作品若干。

水墨德馨庄

徐 翀

　　铺天盖地的绿,一波三折,苍翠欲滴。清晨的露珠挂在叶面上,闪着晶莹的光芒。小鸟唧唧喳喳的叫声从林中飘来,像是恋人的私语,又像是对来客的热情招呼。早晨的空气格外清新香甜,车在林海深处戛然而止。只见一片飞檐翘角的徽派建筑,坐落在群山环绕的盆地中央,挺拔而又俊秀,阳光下那穿越千年风风雨雨的老街、名宅、古树被穿村而过的凤溪河紧紧拥抱,构筑了如同江南小桥流水人家的优美画卷。

　　官庄老街,就像一位曾经锦衣而行现在素衣而坐的老人,安详、静谧,没有喧哗。街边的潺潺清溪激活了整条古街,恰似一双温柔手臂揽我入怀。小巷逶迤,粉墙黛瓦,雕花窗棂,千年倏忽已过,老街仍默守着散漫与宁静。脚下被岁月打磨成坑坑洼洼的大青石仿佛铺就了逝去经年的光阴,成了我寻古的引子。老屋的古风迎面扑来,那随着时光而斑驳脱落的灰色墙壁,还有那保存完好的木门雕花窗户,诠释了这里曾经繁华的历史……曾经繁华了几百年的古集市,余韵至今隐现:南来北往的驼铃和马帮,在街上留下了点点蹄印和隐隐足音,那雕梁画栋的官亭,更将老街的美推向了极致。穿行在老屋小巷之间,远离都市的尘嚣与浮躁,任阳光在肌肤上静然流淌,任诗意在心间轻舞飞扬。

　　这里虽不是江南,但江南的美依稀可见。德馨庄的美,是朦胧而古朴的,是树下悠然的落棋,是亭中陶然的品茶,是屋里淡然的品酒。绿水萦绕着白墙，繁花洒落于黛瓦，蜿蜒曲折的小河在清晨和夕阳中浅吟低唱。一泓清水所承载的，是似水流年的痕迹和沧桑。

德馨庄的大气令人叹为观止，其他小院的别致让人回味无穷。老屋的风格大都展示着徽派民居特色，黛瓦覆盖下的幢幢房屋显得尤为整洁清雅，这些明清时代留下的老宅子，都深深打上了彰显孝道和祖先崇拜的烙印。引人入胜的"奇葩三雕"（木雕、砖雕和石雕），或优雅，或雄浑，或繁复，姿态各异，美轮美奂。这在深山老林中实属少见，应是此地人们的一种精神面貌或者气场的体现。虽然时光攀爬的土墙上斑斑驳驳，但老屋依然坚守在这里，仿佛微笑着等着款待远行的客人。步入庄内，只见"五世同堂""七叶衍祥"等钦赐堂匾，依然保存完好，似在向人们诉说着余氏家族以孝传家的历史。庄外的凤溪桥依然挺立在清澈的水面，或优雅别致，或玲珑飘逸，三根磨损的石条桥面印着岁月的痕迹，与古镇风韵融为一体。桥头的银杏树在此守望了一千多年，如今依然风华正茂。如果说清溪增加了德馨庄的灵气，那么银杏则为它平添了几分秀气。花开花落，演绎成了一幅幅简约派画卷，在凉风习习的晌午，给人满满的感动。

庄前的农田里交替着碧绿与金黄，夹在农舍与农田之间的河水很浅也很清碧，喂饱了庄稼，滋养了村民。河水叮咚，声音清脆，似一首抒情诗，歌唱着村庄的丰收与快乐。

古镇似那小家碧玉样的江南女子，温暖妥帖。沿着小河缓行，感受小桥流水的别样意境。古风犹存的石桥下，河水清澈，泛着粼粼碎影。依水而筑的瓦房，家家临水入影，河岸有老人、花猫、白鹅，真是水一样柔软而美丽的生活。村妇在河边照"镜子"，秀发一捋，莞尔一笑，百媚丛生，好一幅"浣纱弄碧水，自与清波闲"的画面。她们有的躬着身子，站在没膝的水中，或搓或摆，或拧或踩；有的蹲在青石板上，披肩的秀发随着棒槌的起落在肩后飘来甩去，柔软的腰肢极有韵律地颤动着。一位大嫂，挥舞着手中的棒槌，不停地在空中划着优美的弧线，像是激起一圈圈水花的舞女，也像是奏起这"梆梆"晨曲的指挥。有位老妈妈累了，站起身，捶捶腰，拭去挂在睫毛上的水珠，然后又加入到这个"梆梆梆梆"的合奏团，同大伙儿一起，演奏着这场精彩的音乐会。

沿着河边漫步，河中惟妙惟肖的三牲石吸引了我的目光。河边亭上"一亭俯流水，三石传神明"的楹联似在告诉游人"三牲石"的故事：德馨庄后面的山形似凤凰，对面的山形似狐狸，两山相克，为了能在凤凰山上安葬祖坟，一位得道的地理先生给余文章出了一奇招，在两山之间的凤溪河里放置三牲石，即鸡、鱼、肉供奉狐狸，后裔定会出现有用之才。十分巧合的是，一百多年来这里陆续走出了余谊密、余大化、余英时等一批栋梁之材。

夜幕降临，月上树梢。德馨庄更美——天上一个月亮，地上一个月亮，水里还有一个月亮。月色下的荷塘，朦朦胧胧，如梦似幻。"我像只鱼儿在你的荷塘，只为和你守候那皎白的月光，游过了四季，荷花依然香，等你宛在水中央。"如果在这荷塘月色里能守候到佳人，那该是何等的浪漫！

此时，我想把德馨庄裁下，将它带回家，装裱在墙上。

作者简介：

徐翔，安徽潜山市人，安徽省作协会员，大学本科毕业，现供职于潜山市委巡察组。曾在《人民日报》《中国纪检监察报》《中国旅游报》《江淮》等中央省市媒体发表散文及有关文章百余篇，并多次获得国家和省市级奖励。出版有散文集《清风朗月最宜人》。多篇作品入选中学生课外读物及高考、中考阅读题。

双亲，眼睛，一座村庄

河　冰

（一）

孩子，妈不得不告诉你，关于你的眼睛，因为你已懂事。

你的来到，给全家带来短暂的欢乐后，便是全家为你默默的祈祷和祝福，只因你的眼睛。

打出世那天起，你的左眼内就有滴红血，随着你渐渐长大，血滴长成了血球，越来越大，几乎布满了你整个左眼。

后来也许是你左眼不好使的缘故，在一次玩炮竹的时候，炮竹炸坏了你的右眼。

……

（二）

这一年我已满7周岁，这是9月1号的前一天，这晚母亲对我和大姐二姐左叮咛右嘱咐，叫我们一定要好好念书。

在小学一年级时，我勉强能看清老师的板书。后来，我的座位每过段时间就要前移一排。直到小学四年级时，我不得不站到讲桌前，抄写黑板上的作业。再后来，是站到黑板跟前，由于个头不是很高，依旧无法看清黑板上端的字迹。

乡亲劝父母让我放弃读书，他们预测，如果我的眼睛照这样发展下去，过不了两年，我将失去光明。

听到这些类似诅咒的言语后，我的泪水，总是莫名地溢出眼眶，在无人的角落再渗入黑暗深渊般的心。我瞎了，真的瞎了，黑暗在一步步朝我逼近，我明显地感觉到。我闭上双眼，右手持根木棍，探摸着强迫自己走回家去。那时候我经常这么想，也这么尝试着。

（三）

小学五年级时，父亲将我带到省城，期望我能将世界看得更加清晰、明亮。结果，医生劝我待在家里，还说如果自己能照顾自己都是万幸。父亲的眼睛红了一圈。

回家吧，我说。父亲很是伤心地说，都怪我，没照顾好你。我瞪着父亲，似乎父亲一下子老了许多。你还读书吗？父亲问我。我潮湿着眼睛点头。父亲的颧骨绷得老紧，拼命地控制着泪水的滑落。

从此，我鼻梁架上厚厚的、沉沉的眼镜，穿梭于一双双古怪的眼神之间。我怀着随时失去光明的心，在父母的鼓励下，一步步坚强地走着，读完了初中读高中。

或许眼睛不太好的人，想象力总是特别丰富，尤其像我这种玻璃体浑浊的高度近视患者，浑浊的玻璃体好像总能由我支配，组合成各种不同的图案和情景。

不知从哪天起，我爱上了文字。父母从不提及我写作的事情，这似乎是一个秘密，却默默地支持并鼓励着我，这点我认为是父母最高明的教育方式。

就这样，我在文学道路上越陷越深，以至于高考时，糊里糊涂地写了首《四季的树》的诗组，结果高考语文只有 76 分，高考结果可想而知。父母总是安慰着我，谁谁没上什么学不也混得好好的。说归说，父母怕我听到乡里议论谁家孩子考得好而受刺激，总是叫我在家做点家务。

父母的头发出现了大面积白丝，父母老了，真的老了，就这样一直付出地老了。在那两双布满老茧的手的搀扶下，我坚强地爬了起来，抖落浑身的伤口，继续上路。

（四）

大学期间，是我文学创作的高峰期。这时，父母成了我的眼睛，透视着、储存着家乡的逸闻趣事，然后寒暑假再口述给我，为我的创作提供了丰富的素材基础。我大学期间完成的四部长篇小说的初稿，以及几百首诗歌，正得益于此。对于现在的我而言，这是花多少金钱都无法换来的一笔最宝贵的财富。

2005 年毕业后，我如愿去了北京一家文研所上班，但由于女友（现在的妻子）的工作关系，权衡下我选择了离京下海。尽管主编有言在先，离开北京不但会使我的理想消磨，还得享受毕业生下岗的痛苦。

离开北京后，因为喜欢文字，自然而然选择了文字的工作，凭借着博客上的文字，成功进入了一家 4A 房地产广告公司，也就这样进入了房地产和建筑行业。

很多人开玩笑说，在我这里兴趣还真能当饭吃，我自己也一直这么认为。

（五）

尽管我们这一代人，或许在村庄只生活了十几二十年，可父母却生活了一辈子。

为了给我减轻压力，在我女儿还没出生前，父母就随我生活在珠海，尽管很不适应城里生活。尤其是晕车的母亲，每次春节来回都得受罪，但还是一直坚持着，照顾着我们的生活、照看着她的孙女和孙子。

时间过得很快，一晃父亲就快 70 了，慢慢跑不动了。父母一直有个心愿，就是我们能往回搬，搬回离老家近些的地方，比如合肥、杭州。举家搬迁，在一个打拼了十几年的城市，连根拔起，谈何容易！

父母确实跑不动了，是得往回搬了，父母有心愿，作为儿子的我如果不去完成，等待的定是终身的遗憾，我经常跟自己这么说。当我跟妻子说这事的时候，妻子死活不同意，不仅因为短期内家庭收入急剧减少，更意味着一切都要重新开始，并快速适应新的环境。好在妻子终究还是默许了回迁。

买房、装修、孩子转学，在大姐和二姐的协助下，一切都弄得很顺利。没想到，突如其来的新冠肺炎疫情，打乱了我所有的计划，截断了家庭稳定的经济来源，家庭收入受到了前所未有的影响。经常感觉自己，就像一片浮萍，在风浪中飘摇，并等待放须的土壤。

由于工作的关系，我和妻子最近经常在外。家，父母在，我就放心。

时常，内心感激着父母，父母是我的天和地，给予我生命、阳光和雨露；父母自己却是划船佬，披星戴月、汗流满面，船桨划呀划，只为将我送去更幸福的地方，然后自己继续回到彼岸、回到村庄，并叮咛我，无论何时别忘记回村庄的路。

作者简介：

河冰，原名何兵，安徽安庆望江人，18 岁习诗，20 岁开始长篇小说的创作，35 岁第一本长篇小说《少年心事梦中人》出版发行。长时间从事建筑工程规划设计工作，业余文学创作。

父亲的赶牛鞭

项　宏

幼时，父亲耕田，我就坐在田埂上。他一手扶着犁耙，一手挥着赶牛鞭。"驾"的一声，那头老水牛低头奋进，铁铧犁划破春水，身后春泥翻涌；"吁"的一声，老水牛立马站住。老水牛在"驾"和"吁"的转换中令行禁止。

乡里不缺伺候庄稼的好手，但是能把犁耙使得父亲这样得心应手的并不多，何况那头老水牛脾气不好，很难使唤。当时六七户人家共同喂养和使唤这头老水牛。轮到我家的时候，要我早晚放牛，他自己每天天不亮就去割草，让老水牛半夜还能吃上带露水的嫩草。人见了，以为自己之所以不能如意使唤老牛，是因为做得不好，便学父亲的样子。做好牛棚，不使漏雨进风；粪便清理，不使住地污秽；割草喂夜，不使夜半空腹——但是，老水牛一到他们使唤的时候，依然故我，一如既往的牛脾气。

很多人奇怪，来向父亲请教，父亲往往笑而不语。只在人走后，甩甩他的赶牛鞭。此鞭五尺多长，枣木材质，年岁既久，汗渍手摩，外表已经光滑锃亮，拿在手上沉甸甸的，有如金石。

赶牛鞭在我家地位极高。别的农具父亲虽然爱护，但是使用完都是放在堂屋的门枋后面，只有这一条赶牛鞭却是擦拭后放在堂屋的竖案上面。在农村，堂屋的竖案是最重要的地方，一般家里会供着祖先的牌位，而我家竖案却是供着这一条赶牛鞭。

赶牛鞭落在牛背上的次数和落在我身上的次数差不多，父亲教育孩子的方式虽然男女有别，但是简单粗暴。对于姐姐和妹妹，多是温言细语，弄急了也不过大声呵斥几句，但是对于我这个男孩，却是粗暴得很，我记忆中被父亲揍得最惨的两次，都是赶牛鞭的杰作。

一次是中午放学后，给在山里干活的父亲送茶水，然后趁父亲不注意，溜到别人家黄瓜地里。夏日里，瓜叶浓郁，一根根顶花带刺的黄瓜挂在瓜藤上，惹人爱怜。中午时分四下无声，只有蝉鸣，我摘了一根黄瓜一边啃咬一边躺在瓜田里，一根不够，又摘了一根，吃到后面，满嘴黄瓜味，就捡不好的扔在瓜田里，直到父亲喊我回家。回家刚刚端上菜准备吃饭，就听到黄瓜地里传来不堪入耳的叫骂声，父亲放下饭碗，转身从竖案拿起赶牛鞭。那是夏天，衣服单薄，赶牛鞭落在后背上，让我体会到了什么叫"鞭辟入里"。

另外一次我颇不服气。那天我穿着凉鞋去田边玩，脚上显摆着一双漂亮的玻璃袜子。正在犁田的父亲一见大怒，骂一句"不伦不类"，丢下正在犁地的老水牛，突兀地从水田里面蹿出来，举起赶牛鞭将我一顿胖揍。

纸上得来终觉浅，绝知此事要躬行。两次挨揍，让我懂得了父亲为何如此看重赶牛鞭了。赶牛鞭木质柔韧，打上去不伤筋动骨，而疼却像网状一样遍布周身，难怪父亲只要一声怒吼，老牛便不待扬鞭自奋蹄了。它和我一样，深知它的厉害。

后来父亲老了，牛也老了，而我也离乡读书，鞭长莫及，父亲的赶牛鞭慢慢失去了作用。毕业后我离家去更远的地方时，曾去堂屋竖案找过那条赶牛鞭，它还在，已蒙尘，颜色变得更加暗紫。

很多年后，我将父母接到北京与我们同住，有一次我有意无意问起赶牛鞭的事，父亲看着我，沉默半晌说道：老水牛毕竟是畜牲，你光喂他水草，伺候得再好，但是不去掉他身上的野性，一吃力还是犯那个牛脾气的。

我看着父亲，父亲看着我，愣了一下，又一起哈哈大笑起来。

作者简介：

项宏，曾用名城市玩偶、紫衣侯。作品散见于《北京日报》《北京晚报》等报纸杂志。

变 迁

耿成竹

我离开插队的乡村，正是改革开放的头一年。

那年秋天，我参加招工进了一家国有企业。

为了适应崭新的时代，我利用业余时间，跟着电视学英语。那时候，电视机还没有普及，我家凭票买了一台 9 英寸的黑白电视机，每天晚上，全家人围着它看节目，就像过年一样。

有一天，年过七旬的老阿姨从几百里之外的乡村进城来看望我们。晚上，看到我们开电视，她很稀罕地说："真神奇！这么小的盒子里装了那么多的人！"

与老阿姨相比，我算是赶上了好时代，不但年轻时就能看到电视，学到许多知识，而且，40 年来，家里的电视机在不断地更新换代，我们全家人的精神生活质量也随之不断提升。

1987 年，我结婚时，买了一台 17 英寸彩色电视机。一年后，我的女儿出生了，她很小的时候就能看到彩色动画片；在她刚会说话时，就跟着电视学儿歌，学诗词；稍大点，又能跟着学英语，学跳舞。

实行房改以后，我家买了一套两室一厅的住房，客厅比以前大多了，17 吋电视机放在里面似乎有点小，因此，又换了一台 21 吋的，屏幕比以前大，收到的频道也较多，功能更加强大了。机子的大屁股后面还有一些插孔，可以插上游戏机、播放器和话筒啥的，孩子对着电视机打游戏，拿着话筒学唱歌，非常开心！电视给她的童年带来了许多知识，增添了许多色彩。

在女儿上中学的时候，我家又换了一台 25 吋的彩电，不但机子后面有插孔，侧面也有几个，用来连接 VCD/DVD 录放机的；从那以后，我们很少去电影院了，只需去买或者去租光盘回来，搁到录放机里就能播放电影或者电视连续剧，全家人生活过得越来越丰富！

后来，电视机又更新换代了，不再是拖着大屁股的盒子了，屏幕从球面的变成纯平的了，就像一块黑板一样，既可以摆放在台子上，也可以壁挂，机子侧面还有 USB 接口，可以插上 U 盘、移动硬盘等设备，各种视频、图片、语音、文字等都可以随心所欲地播放，还可以配上高级音响，在家里开家庭影剧院、唱卡拉 OK，这叫多媒体电视机。看到许多同事家都换了这样的，我也赶时髦，欣然买了一台 32 吋的彩电。

5 年前，我家又搬进了一套两室两厅的住房，客厅的面积更大了，因此，32 吋的电视机我也觉得与客厅不太协调，于是，又换了一台 40 吋的液晶屏彩电。这台，节能环保无辐射；除了能播放高清电视以外，自己喜欢的节目，在一周之内还可随时回看；我还能在电视上收到电视台发来的通知交费的邮件；至于，炒股、电视购物，那就更不在话下了。

两年前，我的女儿结婚，他们新房的大客厅里摆的是 58 吋的液晶大彩电，可以直接联网观看网络在线电视，既能看直播，也可以点播节目，不但能看到全国各地频道的电视，还可以随时看世界大片、3D 电影等等，这个叫网络智能电视机。据网上介绍，目前我国生产的彩电还有超大、超清、高分辨率的，功能更多，品质更高，真正是应有尽有，用时髦的话说叫：厉害了，我的电视机！

40 年来，从电视机的变迁，可以看出，在我国随着时代的不断进步和科学技术的飞速发展，还有市场经济的便利，推动人们在物质文化方面的需求日益增长，这是改革开放使得我们的生活由温饱逐步奔向小康的一个体现，特别是党的十八大以来，给老百姓带来了实实在在的获得感。要不是赶上这样的好时代，如今的我，也可能会像老阿姨那样缺乏见识。

相信，随着改革开放的不断深入，我们的精神生活和物质条件一定会像芝麻开花一样，节节高升！

作者简介：

耿成竹，安徽省作协会员。安徽闪小说专委会理事。作品散见于《小说选刊》《传奇·传记文学选刊》《岁月》《幽默与漫画》和美国《明州时报》、新西兰《先驱报》《中国老年报》《安徽日报》《今晚报》等中外报刊，小说获得过《小说选刊》《羊城晚报》等举办的全国小小说大赛等级奖项。散文《变迁》被团中央举办的征文大赛评为优秀文章，并被收录到精品文集。

只想给饥饿的人做饭

郑锦凤

我们一帮人在山里游玩，天突然下起了大雨。

来景区前，大家计划着玩半天，饿空肚子后，再海吃一顿当地的特色菜。这突如其来的大雨彻底扰乱了计划，我们只好饿着肚子钻进车里，准备返程。在返程的路上，大雨骤歇，天地一清，阳光万丈，我们的心思便又蠢蠢欲动了。停车四顾，但见青山一碧，林木森森，白云深处无人家。

"你们看，那儿！"

眼尖的玲子一声尖叫。我们顺着她的手指看去，果然在一棵树上看见一块大木牌子，但并无字迹。玲子大呼小叫地跑过去，翻过木牌，喊道："你们再看！"木牌上认认真真的的确确写了四个大字"农家土菜"，字的下方，还配了一个红色箭头，它简直就是大海上的指南针。

循着箭头看去，三间瓦房在树木的掩映里影影绰绰，定是农家土菜无疑了。我们就像发现新大陆的哥伦布一般，欢叫着奔过去。刚进院子，一个系围裙的老阿姨打开双扇木大门，微怔之后，微笑着问："都是来吃饭的吧?"我们简直就是二三年级的小学生，齐齐回答"是的"。得到肯定答复后，她掏出手机打电话。

大约过了二十分钟，一个六十岁左右的大叔提着竹篮朝瓦房走来。看他熟门熟路的样子，我们知道他应该就是接电话的人，也可能是男主人。只见他把竹篮里的各色蔬菜一一掏了出来，摆放在一个大簸箕里。又进屋舀米出来，在屋檐下的水缸边淘洗，还叫围裙阿姨赶紧端米去生柴火煮饭。

大叔开始理会我们了。他指了指簸箕里的东西，笑着对我们说："就把这些菜都做来给你们九个人吃。我猜你们肯定都饿得前心贴后背了。我得上阁楼去割刀腊肉下来炒青椒，还得去鸡窝捡几个新鲜鸡蛋来烧一锅西红柿鸡蛋汤。四五个菜，一大铁锅饭，应该够你们吃了。"

饿得发慌的九个人，哪还有底气挑剔？我们几个女同胞，还欢喜得帮着两个老人打下手。

大约一个小时后，由阿姨添柴，由大叔掌勺的五菜一汤，摆放在堂屋中间的四方桌上。青椒炒腊肉，硬是诱得我们馋虫四起。开吃之后，大家你一言我一语问坐在门槛上抽烟的大叔，这么好的厨艺，为什么不到城里开个农家土菜馆？

"人家在一家单位的食堂做了三十几年的厨师呢。好好的工作，说辞职就辞职了。"大叔大口抽烟，不回话，在厨房收拾灶台的阿姨抢了话头。阿姨见嚼着锅巴的我们对大叔的故事感兴趣，她便说开了。

"这犟老头辞职后，不愿跟孩子们住城里，还非要回老家来种田种地，还要开个农家土菜馆。一些拉煤的大货车司机来吃饭，他非要多煮饭，剩下的，都大晚上了，他还摸黑送去给村里那些父母在外打工的孩子吃。我们家的鸡鸭，都捞不到吃。"

兴许是被老伴唠叨火了，大叔猛吸了一口烟，往前吹了一条又长又粗的烟雾线后，瞪着眼朝着老伴说："你要是知道在我们食堂吃饭的那些人，天天拿你们这些庄稼人收的粮食不为贵，不作数，我保证你都想拿棍子抽打他们。我提前辞职，眼不见，心不烦啊。"

大叔回身用手指了指我们刚风卷残云过的四方桌，说："你看看，这些才是真正饥饿的人，每一碗饭菜都被他们吃得光光的。大货车司机，跑长途，多辛苦呀，我多煮些米饭又怎么了？人家少花钱，能吃饱饭呢。剩下的饭，喂鸡，喂鸭，不简单？但我只是想让每一粒粮食都能有一个最好的归宿。"

我们齐齐安静下来，看着沉默的大叔，心里升起一种类似敬畏的情感。

"只想给真正饥饿的人做饭"，此中似有深意，欲辨却已忘言。

作者简介：

郑锦凤，散文作品见于《文艺百家》《贵州都市报》《青年文摘》等报纸杂志，出版散文集《原色》。

与母亲和解

冯 文

近一两年，每次回娘家探望耄耋之年的母亲，闲聊时母亲都会问我：你喜欢什么？我都给你，趁现在我还清醒；如果哪一天我突然走了，你就什么都没有了。

每每听母亲这样说，我心里都会很难受。母亲早些年的一些字画，我已留有几幅；母亲的金银首饰也不少，但我一件都没要。我对母亲说，你把那本老相册留给我就好。

这是一本有年代感的老相册，跨越两个世纪。老相册的封面和封底是用墨绿色锦缎镶嵌的，上面绣着几朵精致的各色小花。相册里面则是清一色的黑白相片，其中大部分是在母亲工作一生的地方——宁夏拍摄的。

翻开相册的首页，是一张比较大的外婆黑白照。外婆戴着一副水晶眼镜，于庭院中端坐在一把藤椅上，面带微笑，怎么看都是一副气质极好的老妇人模样。相册里有父母年轻时或求学、或工作的相片，有我和外婆及七兄妹的合影，也有几张小时候我在宁夏珍贵的童年照。

这本老相册里承载着我和外婆、和父母、和兄弟姐妹之间血脉相连的关系，也有我想要找寻的情感和思念。

说起对母亲的感情，其实我的内心深处是极其复杂的。我们兄妹 7 个，唯独我从小没有在父母身边长大。

据说在我很小的时候，小到没有任何记忆，就被外婆带到安徽。也只有每年过年时，才会随外婆回到宁夏和父母兄弟姐妹相聚。后来渐渐长大，偶尔夏天也会回到宁夏，对父母及小弟才有了一些零星记忆。在我童年的印象里，即便偶尔随外婆回到父母身边，也很少见到他们的身影。

20世纪70年代的交通极不便利，年幼的我，随小脚外婆常年奔波在绿皮车上。从宁夏到安徽淮南大姨家，每次乘坐火车都要经过几个中转签证，印象颇深的是先到北京签证转车，再到蚌埠签证转车。那时没有直达淮南的列车，到了水家湖，还需改乘汽车，才能到达淮南的大姨家。

记得有一次火车到达水家湖，下车时，小脚外婆一脚踏空，摔了下来，吓得我哇哇大哭……好在外婆额头蹭破了点皮，在铁路工作人员的搀扶下，一直把我们祖孙俩送到汽车上。

在淮南居住一段时间后，外婆又带我从淮南坐汽车途经合肥，再转车到六安，最后到达外婆的故乡毛坦厂镇，这一路的颠簸可想而知。

可以说我的整个童年是流动的童年。

幸运的是，母亲家族都是文化人，不管走到哪里，我都可以就地上学读书。记忆中我上过好几所小学，包括淮南的九龙岗小学（简称淮一小），但印象最深的则是毛坦厂镇第二小学（简称毛二小）。这所小学和毛坦厂中学仅一墙之隔，小学里有不少毛中教师的子女就近读书，那时我已读三四年级了。

可能因为外婆的原因，不管在哪里暂住生活，我都得到长辈们的宠爱，但与此同时，我对父母的感情也越来越淡。

这种三点一线的流动生活，直到外婆1980年在毛坦厂中学任教的宁表舅家去世时，仍没结束。

大约1981年秋，我才被父亲接到淮北上初中，那时父亲已从宁夏调到淮北任职，而母亲和其他兄弟姐妹，仍在宁夏煤炭系统继续工作生活。等到母亲从宁夏退休回到安徽淮北时，我已从六安市毛坦厂中学高中毕业，见到母亲自然也不亲，对母亲的感情也是排斥的。那时的我比较任性，个性很强，谁的话都不听，包括对父母，在言语上也多有冲撞。母亲或许觉得亏欠我什么，对我也一味地包容、溺爱，以至于引起个别姐姐对我的不满。总之，用现在的话说，那时的我比较叛逆吧。

而我和母亲真正相互了解、相互磨合，并尝试着相处时，却是在我嫁到小城后，每次回娘家度过的那段时光。

年轻时的我，一直很执着地多次问母亲，为什么我那么小，你就让外婆把我带走呢？你怎么能放心呢？我是你生的吗？

母亲说不出什么，除了默默流泪，偶尔说，可能是缘分吧，你一出生，外婆就很喜欢你，一定要把你带在身边，我也没有办法……

席慕蓉曾说："不是所有的人都能知道时光的含义，不是所有的人都懂得珍惜，这世间并没有分离与衰老的命运，只有肯爱与不肯爱的心。"是啊，年少时和父母分离的时光，并不代表他们不爱我。父母与孩子终是一场缘分，更是一场渐行渐远的修行。如今，我也人到中年，为人母，看着 90 多岁的母亲日渐衰老，忽然间就心酸不已。其实，我早已不再年轻。

时间就像一服良药，它可以把一些心结慢慢化解，来滋养一个个流年。也不知从何时起，我不再执着曾经的过往；相反，现在每一次看望、陪伴母亲，都特别珍惜这难得的温馨时光。

这次是我今年第 9 次来合肥探望母亲。昨天夜里被梦惊扰，睡得颇不踏实，醒来几次。我悄悄地走到母亲的卧室，看着熟睡的母亲，身影是那般瘦小，一时思绪万千。

白日里虽陪母亲说说笑笑，但不管怎样修饰，夜深人静时，都掩盖不了我心底的荒凉。我知道生老病死乃人之常情，何况 92 岁高龄的母亲。近年来，看着母亲的身体每况愈下，一想到母亲有一天会离我而去，内心便抽搐得隐隐作痛。

我知道，我早已在心里与母亲和解了，与自己和解了。

人生最难的修行，大抵就是与他人、与自己和解吧。

作者简介：

冯文，笔名如茵，出生西北，现居安徽六安。安徽省作家协会会员，安徽省散文随笔学会理事，六安市作协公众号《六安文学》主编。2018年初开始散文创作，有百余篇作品散见《海外文摘》《散文选刊》《华夏女工》《速读》《山花》《浔河》《映山红》《白天鹅诗刊》《中国煤炭报》等报纸杂志。

走进大散关

李长在

应朋友之约，过关中，入宝鸡，游大散关。

楼船夜雪瓜洲渡，铁马秋风大散关。我从军三十余年，骨子里白马秋风塞上，于放翁此句，心有戚戚。瓜洲渡先前去过，此次走进大散关，以行脚为放翁注释，足慰平生。

大散关在宝鸡城南，立秦岭北麓。下高速，入峡谷，穿梭谷中，路渐行渐窄渐险。正胆颤时，路右边忽见一座古牌楼，旁立"古大散关"石碑一方。大散关到了。

接待我们的是朋友的朋友，刘姓，于大散关颇有研究。在他的引领下，我们上关楼，四下眺望，山峦叠嶂，尽收眼底。老刘指点江山，说当年李白由长安去四川，便是从这里进山，翻越秦岭，再入四川。一旦入蜀，则一马平川了。蜀道之难不在蜀，是在秦也。

半山坡上，"铁马秋风"四个大字苍劲有力，尤见风骨。山下流小溪一脉，溪边飘公路一条，这便是连通四川和陕西的主干线了。老刘说，古峡谷里的河要比这条小溪宽得多，占据了峡谷的大部空间，因而河堤狭窄，一旦扼守，则一夫当关万夫莫开，此地便成了进川入陕的咽喉，而大散关就建在川陕通道的喉部。

所谓"兵家必争之地"，大抵如此吧。这块弹丸之地，历史上竟发生了七十多场战争。路狭如此，生死攸关，战况之激烈，死伤之惨重，可想而知。著名的战役如"明修栈道，暗度陈仓"、曹操攻张鲁、诸葛亮围陈仓，都从这里经过，这里是历史的隘口，是历史之关。

时至南宋，金兵入侵，大散关一带成了金宋的边界线。两国于此重兵对峙，反复争夺，大散关数易其手。南宋名将吴玠、吴璘兄弟，以两千的兵力，数次击退金兀术十万大军的进攻。雄关漫道真如铁，如铁般硬，如铁般冷。奇险的大散关，消解了宋金兵力上一比五十的巨大悬殊，使得意志、毅力、信心、血性成了战争天平倾斜的主要砝码。

雄风吹拂，万里来奔，满耳灌满风声。我仿佛看到了刀光剑影金戈铁马，看到了交错的背影腾跃的身姿，看到了前赴后继的生命明灭；我仿佛听到了千军怒吼战马嘶鸣，听到了呻吟，听到了哭声。这道关通向哪里？通向生也通向死，通向兴也通向亡，通向荣誉也通向耻辱，通向理想也通向野心。这是一条人心的通道，千古以来，哪一条路又不是如此呢？

陆游就是在这个时间段，以随军参谋身份，跟随四川宣抚使王炎来到了大散关。这一年多的时间，是他人生事业的顶峰，也是他诗歌创作的高峰。大散关是他诗歌地图中的雄关，是他铁马冰河的雄关，他描写大散关的诗词，就有二十六首之多。

在大宋石雕文化展区，我看到了陆游的雕像。他手握书卷，身佩宝剑，注目远眺，气宇轩昂，眼光里虽然少了三军统帅的凌厉杀气，却于威武庄严中多了几分儒雅。后人常诟病两宋屡弱，名将乏乏，岂不知两宋书生知兵者众，如范仲淹，如韩琦，如辛弃疾，如陈亮，如岳飞。君子不器，大道相通，上将伐谋，又岂是项羽之勇冠三军却徒逞匹夫之勇乎？

然陆游不是辛弃疾，亦非范仲淹，而爱国心同，御敌志同，是以他们的诗歌里，都有烈烈的丈夫气。往事已矣，深究南宋兴衰只能是纸上谈兵，陆游的心愿未了，只能寄希望于示儿：王师北定中原日，家祭毋忘告乃翁。铁马冰河入梦来里，大散关的雄风一定吹过了寒凉的人生河谷。悲夫！

茶亭在半山坡上，翠碧在一杯茶中。清风徐徐，云收云舒，历史如幻如梦。一杯茶，山景平静；大散关，兵马纷纷。

作者简介：

李长在，在《人民日报》《中国国防报》《中国民兵》《安徽日报》等报刊发表作品数十篇，网络平台发表作品数百篇。在合肥工业大学出版社出版《掌声未必是心声》《看似平淡却深沉》。

蛇龙崖稽古

汪礼俊

　　花亭湖里，有一个温泉风景区；风景区里有一条赵河，源自崇山峻岭，逶迤于山脉之中，穿过温泉风景区的中心地带。温泉景区四周是山，连绵拱卫，唯有南方有一缺口，赵河由此汇入花亭湖。群山环绕的温泉景区，酣睡于这舒适的怀抱，泉眼恰如肚眼，喷发着生命的热力。南面的山口很窄，被两支逶迤而来的山脉把守着：西边舒缓而来的像游龙，匍匐在地，守着河口；东边像昂起的蛇头，守望着喷发而出的温泉。站在高处远望，恰是龙蛇摆阵，古人把这里称为"蛇龙崖"。

　　蛇龙崖海拔并不高，但险峻陡峭，人根本无法在其上面行走，但这里却是太湖县北乡山区通往南乡畈区的必经之路。由于山崖险峻而无法通过，人们只能绕弯走水路，沿着赵河进入长河（今花亭湖湖区），然后到达南乡畈区。山里的乡民将茶叶、桐油和木材等物品通过这条水路运到太湖南乡，换取大米、棉花、老布等，南乡乡民也趁着每年农闲时，将大米、棉花挑进山里换取他们急需的木材和茶叶。蛇龙崖这紧锁的关口怎么也锁不住这南北乡民的交流和交往，随着一代又一代南北乡民的来来往往，蛇龙崖下这条水路成了连接山区和畈区的纽带。

　　远在宋以前，居住在蛇龙崖里的山民并不是很多，除了少数土著山民外，外来居民很少。宋末元初之际，有大量的外来移民涌入，他们之中不仅有来自南乡的乡民，还有来自很远的移民者。这些外来乡民与居住在原赵河一带的土著户居住在一起，摩擦、融合，形成了新一代山里乡民。人口的大量迁入，乡民的人数增多，原来的土地远远不够用了，人们除了开山造田，挖坡整地，不断地扩大种植面积外，一些剩余的劳动力就将山里的木材、茶叶、桐油、皮油等运到外地，做起了买卖，又将外地的土产、布匹带回山里，东西多了，就专门找些房子储放起来，这样在赵河岸边就慢慢形成了一些店铺和商号。随着时间的累积和店铺的增多，河岸边出现了一条并不是很长的"赵河街"。经济的发展，往往带来地方文明的进步。后来到了明清时期，赵河一带私塾也慢慢多了起来，读书人蔚然成风，地方秀才也层出不穷。当地的望族如赵河街的赵姓、八士畈的李姓、蔡家畈的殷姓都培养了不少的读书人，他们或在家办私塾，或走南闯北找仕途。随着人口不断增加，外出拉纤放排的人也越来越多，赵河街又增添了很多店铺、商号、当铺、旅馆，还有很多小作坊，非常热闹，特别是每年年末，外出经商的生意人和常年在外拉纤放排的纤夫们都回家过年，赵河街旁的河边停靠了大大小小的竹排和筏子，形成一道亮丽的风景。

这所有的竹排和筏子，这无数南北乡乃至来自苏杭的物品交流，全都是从这蛇龙崖下的水道进进出出的。人多了，物产丰了，交流也就更为频繁了，仅靠这条原本就不是很方便的水道是不行了，若遇到天旱或洪水季节，特别是洪水泛滥的时候，人们只能望水兴叹，不得不停止所有的活动，甚至连邻里走动都很困难。就有人想从蛇龙崖上打通一条捷径，另辟一条旱道，但要从这崖头上凿出一条道来，这无异于痴人说梦。就算你不怕死，在山崖上凿出一条路来，你又怎么才能站上去凿呢？人们都在苦想着。

公元 1627 年，明熹宗天启七年，居住在蛇龙崖下的赵显时、侯万春发了宏愿，定要从崖上开凿出一条路来，以免洪水之际无路可走的危险。当时东边蛇头下是侯姓土著，称下侯嘴，西边龙嘴边是土著的祝家和赵家，他们都饱尝了无路可走的痛苦，一致支持赵显时、侯万春的义举，附近很多乡民也纷纷捐谷捐钱和捐献其他物什。

有了乡亲们的支持，赵显时、侯万春顿觉信心百倍。他们邀请了几位石匠，把自己用绳索悬挂在蛇龙崖上，开始了艰难而又危险的凿路工程。他们每打一锤，都要消耗很大的体力，他们每凿一凿，都随时有付出生命代价的危险。他们累了，就将悬空的脚抵着石壁，借助捆在身上绳索的拉力休息一会儿，然后又继续去开凿悬崖上的石头。就这样一锤一锤、一凿一凿，硬是在悬崖上凿出一个又一个石级来。石级共有九级半，每一个石级的平面长约 5 尺，宽约 1.5 尺。这样的石级，即使行人在悬崖上行走，也不觉得有很大的危险。当地人把这里俗称为"九拓半"，即九个加半个石级。为了纪念赵显时、侯万春的义举，石匠将他们的名字连同捐献者以及捐献的食物和数量都深深地刻凿在悬崖的石壁上，以便千秋万代行走的人都能记住他们。

为了方便这条南北通道的行走，他们后来还在蛇龙崖两边的小河沟上分别架起了石桥，这两道石桥都是由三根长约 2 丈的石条组成。在蛇龙崖的岭上还修建了一座凉亭，凉亭里提供义茶，以供过往行人休息和解渴。这样，一条连接南北乡的交通要道不仅贯通了，而且十分便捷。乃至几百年后的今日，南乡畈区很多老人知道"九拓半"却不知道赵河乡（今汤泉乡），这里成了一个时代的见证，成了几代人温馨回忆的念想。只可惜这闻名于太湖县南北乡的"九拓半"，在 1998 年修建温泉到码头的公路时被炸毁和掩埋了，代之而来的是一条更为宽阔的水泥公路依崖而过。今天我们所能见到的只有公路脚下残存的石崖和两道磨损了的石条板桥，其中一道石桥只剩下两块石条。当年热闹一时的赵河老街也早已不见踪影。1942 年，日军因为大将塚田攻乘坐的飞机在太湖县山区上空被击落，发起了疯狂的报复，兵分两路向太湖山区搜索，其中一支从太湖县城北上，走过了"九拓半"，进入赵河一带，一路实行烧光政策，赵河街在一片火海中化为灰烬。如今，在这块废墟上，又新建起了具有现代风貌的新农村。

关于"九拓半"的开凿，还有一段美丽的传说。据当地的老人们说，石匠在凿这些石级快要完工的时候，也就是在凿第十个石级之时，那天，是雨后天晴，崖下的赵河水波涛汹涌。当石工把第十个石级凿到一半的时候，突然从石崖洞里飞出一条金蛇，石匠眼疾手快，伸手一抓，却只抓住一截小小的尾巴在手，一条断尾的金蛇跃入了滔滔的洪水。石匠这一惊非同小可，都不敢再凿了，认为神灵在此，不敢冒犯，只好留下这半级石级，乃至几百年后成为流传不朽的神话传说。

作者简介：

汪礼俊，安徽省太湖县人。中学高级教师，安徽省作家协会会员，中国散文家协会会员。主要作品有散文集《晓风低语》（团结出版社出版）、文史专集《唐越国公汪华年谱》（合肥工业大学出版社出版）等。

雨中桃花潭

王延林

有水的地方是有灵性的。

我的先祖于同治年间来到宣城的南漪湖安营扎寨，拖家带口，千里迢迢，辛苦自不必说。所为者何？或许是厌倦了山的围困，爱这一片灵性自由的水吧。

我就出生在湖边的小村子里，吹拂着带有鱼腥味的湖风、喝着南漪湖的水长大。对于湖，我是再熟悉不过了。与"三点水"有关的汉字，江河湖海洼沟渠等，我也都见过，近在咫尺的，还有李白的桃花潭。

某一个细雨飘洒的春日，我和妻舅两家去游桃花潭。桃花潭在宣城泾县，与清澈的青弋江相伴。车行深山里，万壑排闼来，层层叠叠，云烟缭绕，青翠悦目。葱绿的茶园，夹杂着一片片金黄的油菜花，层次分明；间或一块一块粉红色的桃花低眉含羞，掩映在灰墙黛瓦的古村居里，真是"云间烟火是人家"。

桃花潭风景区在泾县桃花潭镇境内，距县城三十多公里，竟似小城的后花园。因人文与山水并美，可看峰峦叠翠曲水流觞，可眺云烟流泻万古浩渺，是以游人颇多，何况是这美妙的春日，真可谓游人如织。

景区门楼上悬一副对联："十里桃花笑迎客，万家酒店潭留香。"说的是李白汪伦旧事，也是眼前之景。我们按顺序，先游览了文昌阁，参观了"翟氏宗祠"后，便来到了一座高大的门牌楼前。门楼是明清风格，外墙的一层白灰已脱落大半，墙体老旧斑驳，但上方"南阳镇"三个大字犹清晰可见。

牌楼后便是翟村老街了，老街尽头的左侧，便是传说中李白当年的下榻之处。这是一幢连体的古色古香的两层阁楼，底层为过道，两边是砖砌实墙，楼梯用麻石铺成。二楼是木质结构，木制屏风上刻有《踏歌送行图》，再现了当年汪伦送李白的动人情景。在楼道的转角处有一个直径约一尺的花窗，贴近花窗便可望见桃花潭的大部分。此时，雨依然不紧不慢地下着，斜斜的雨丝在碧绿的潭水映衬下像是绿宝石做成的帘子一般，密密地遮挡了潭水上方的雾气。透过雨帘，可以看见对岸的一座亭子在蒸腾的薄云里时隐时现，犹如仙宫一般，而那花花绿绿的雨伞定是仙童的发髻了，水面上往来穿梭不停的游船应该是仙人手中的棋子吧。想来，仙境也不过如此吧。

移步出来，下了约十来级青石板台阶，便是踏歌古岸了。石阶润雨，苍苔暗生，古岸的歌声早已零落成泥，喂养着桃花年年夭夭，酝酿着老酒历久愈醇。古岸上走的都是今天的人们，而若干年后，我们也会才成为古人，只是，踏歌不再，那个绣口一吐便是整个盛唐的谪仙人，已经乘船驶进烟雨深处。

我们买船游潭。潭水深碧，清澈晶莹，细小的雨点落在水面上，溅起点点微小的水花，瞬间融于其中，伴随着潭水和时光，流向远方。撑伞站在船头，凝望对面古民居的苍颜，挥手拂开围拢而来的烟岚，呼吸着雨幕中飘来的阵阵桃花香，我们来到了踏歌古岸的对面。导游介绍说，这里便是万村了。

万村还是那个万村吗？精魂还在吧。青藤爬满石壁，不知名的红花黄花低首含媚。沿着青石板铺就的十几级台阶向右，便是"万家酒店"的遗址了。几幅高悬的大红色酒幡，在雨水的浸染下不再飘扬。那一年，一定是有风的，酒幡一定在风中轻轻摇动。在那桃花盛开的地方，在那弥散着酒香和诗意的大唐，在这美好的桃花潭边，谪仙来过。

"万家酒店"不远处是有好几家售酒的小店。酒店老旧，但不是美好浸润时光后的淡然。老板娘很是好客，给我们每人斟酒一杯，说是李白当年畅饮的"桃花潭"酒。

出得店门，雨已经停了，阳光穿云，照射在碧绿的潭水上，潭水幽绿如翠。岸边的桃花临水自照，水里一片乱红。

听人说，桃花潭四周已栽下千亩桃园，成为了名副其实的"十里桃花村"，而以"桃花潭"命名的美酒更是香飘大江南北。

伫立岸上，看阳光洒满，粼粼一片，恍惚了时光。有船靠岸而来，有人笑语喧哗，我仿佛跌入唐朝，踏歌声起，踏歌声灭，都在桃花的光华里，都在流水的潺湲中。

作者简介：

王延林，1965年出生，安徽省宣城市人。现为中国散文家协会会员、安徽省作家协会会员、安徽省散文随笔学会会员、宣城市散文家协会副主席。供职于农村基层单位。

三百里泾川的 "红" 与 "古"

白 凡

　　林语堂先生在一篇文章里写道，"一个城市即使尚未臻于完美，人们也依旧会喜欢它，还要留恋其旁的山峦、河流。即使人们很少去游览，有关那些胜地的古老故事也会使整个城市充满活力。"

　　于我而言，泾县应该就是那座很少游览，却又时时留恋的城。

　　从我的家乡宣城出发，乘车一路向南，行驶在 322 省道上，一个小时便可以到达县城。我曾经无数次穿行其间，却一直没有过多停留，匆匆中就与那些胜地和古老故事擦肩而过……

　　有幸，受泾县县委宣传部之邀，我又一次有了造访的机会。

　　在被称为泾县地标的泾川宾馆里，三百里泾川在县委宣传部的李海燕副部长口中变得五彩斑斓，每一种颜色都成为泾县文化的一个重要因子，融汇在泾县千年的文化基因里。于是，色不迷人人自迷，泾川的"寻色"之旅就这样开始了……

　　中国革命是一幅立体巨画，凝视哪一个局部去赞美整体都是有失偏颇的。泾川的"红"，也是伴随着新中国的建立与发展愈发鲜艳，并逐渐成为中国革命记忆深处不能抹灭的一抹鲜红。

　　红色的记忆里有周恩来奋笔疾书"千古奇冤，江南一叶"的悲怆；红色的记忆里，新四军从这里走上了北上抗日的征途，成为华中抗日力量的中流砥柱。红色的记忆里，一位坚定的共产主义战士在某一个晨曦等待我们的拜访——车穿梭在清晨尚未化开的迷雾里，驶向位于泾县厚岸村的王稼祥故居纪念馆。

纪念馆进门的汉白玉雕像是王稼祥十八岁时的样子，似乎是要告诉我们那是一个年纪轻轻就干大事业的年代，那个年代最激动人心的话题莫过于救国与革命。

纪念馆并不大，导游只用了二十分钟不到的时间便诉说完他一生跌宕起伏的六十八年。这让我突然感觉到与风云激荡的历史相较，人的生命何其短暂。有多少幸福起来的人们不想承认自己曾经是奴隶，也不屑于承认曾经有过的英雄。不知不觉中，自己那部热血奔涌、震撼人心的历史被荒弃了、抽干了，弄成一部枯燥、干瘪的室内标本，放在那里无人问津。

这是一次采风，却更像一堂生动的爱国主义教育，若人人皆思从个人苦乐出发，中国永远走不出孙中山，走不出毛泽东，也走不出王稼祥！自然也无法形成泾川乃至全中国大地上波澜壮阔的红色海洋了吧？怀揣着对历史的疑惑，我们奔向泾川下一处斑斓……

一千三百年前，泾县郊区的一个小镇的一片小水潭可能不会想到，一千三百多年后的今天，这个古镇会以它的名字命名——桃花潭镇。更不会想到，它会成为泾县古色中最为绮丽绚烂的一抹，在千年的流金岁月里一遍又一遍地为游人讲述"十里桃花"和"万家酒店"的故事。

冬阳和煦，我们一起来听它的故事，来寻找它的古色。穿过南阳古镇曲折交错的街巷，一路上沾沾文昌阁的文气，听听翟氏族人的故事。当来到今古交集的东园古渡——那个当年汪伦踏歌送别的渡口，便仿佛穿越了千年的时空隧道。

现如今这里的桃花种植面积已远远不止十里，虽然在这个季节里我们没有看到它们花繁锦簇的样子，但不妨碍我们在这个可以与历史对话的渡口对李白说一句："谪仙人啊！你若再来凡间，再来南阳镇……哦，不，现在是桃花潭镇了，十里桃花，已经种上了啊！"可以想象，当诗仙来到一个种满桃花的桃花潭，又会留下什么样的诗篇呢？

诗？我瞥了一眼正对着桃花潭一潭碧波的踏歌岸阁，这栋阁楼里尘封着李白在桃花潭写的十二首诗，当然也包括那首我们耳熟能详的"桃花潭水深千尺，不及汪伦送我情"了。仅仅二十个小时前的名师课堂上，诸荣会老师谈文化的"跨越时空的辉煌"、潘小平老师说散文的"气韵生动"言犹在耳。此刻，二位名师口中的文学意象就这么如真如幻般浮在眼前了！

告别王稼祥故居纪念馆，告别桃花潭，告别李白，告别汪伦，告别泾县的"红色"和"古色"，我们的采风活动也告一段落。我不知道我的同行者们是否意犹未尽？可我还想念、留恋着那已看过或未看过的颜色……

作者简介：

白凡，安徽宣城人，供职于某行政部门。现为天涯文学签约作者；我们爱历史特邀作者。在起点中文、逐浪、晋江、创世等网络文学书站连载小说。另有其他体裁作品散见于省市级各类报纸杂志和今日头条、搜狐、东方新闻网等新媒体网站。

与爱有关

张　萍

十年前，我在市郊的一所中学教书，第一眼看到他，就觉得这是个奇怪的男孩——帽子永远都压得低低的，低到看不见眼睛；手上永远戴着手套，永远拿着一根小树棍；衣服永远是那一套，将身体裹得严严实实，不露皮肤。

正是开学季，天气依然热，男孩们一个个穿着短袖，热气腾腾的，只有他，长衫长裤帽子手套，把自己整个人都包起来了，就像"套中人"。

他很孤僻，每天独来独往，从不与同学说话，一下课就跑得无影无踪。好多次下课后，我想和他聊聊，但他看都不看我一眼，转身就跑，无论我如何喊他。有时我能听见他一边跑一边嘴里嘟囔着"他们打我，他们打我"。我问同学，谁打他了？同学都说，没有，没人打他，他不理我们。其实他长得高大，真要打起来，同学们未必能赢他。好在，他一直比较安静，性格也温和，只是学习成绩很差。

我想帮他，却无从下手，有一天就打电话联系了他的父亲。他的父亲是附近矿山的工人，打电话给他时，他不耐烦地说我还要上夜班呢。但还是来了，穿一身工作服，拎着一个饭盒。

他也被叫到了办公室，低头站着，背佝偻着，两只脚不知所措地在原地来回搓，嘴里嘟嘟囔囔，不知说着些什么。那就是他平时下课时的样子——从不和别人说话，总是自言自语。

看到父亲，他的头低得更低了。我还没开口说话，他父亲已是飞起一脚，将他踹倒在地，接着又是一脚，将他踢到了两张办公桌之间。我和其他老师冲上前去拉住他的父亲，我很诚恳地告诉他，叫家长来，并不是孩子犯了什么错，而是想和家长沟通，加深了解，找到原因，帮助孩子更好地成长，改善行为习惯。只有行为习惯好了，才能养成良好的学习习惯，然后才有学习成绩的改善。我说的都是实话，不知他的父亲是否听进去了，他一直对着孩子怒气冲冲，骂骂咧咧。

这是我第一次见到他的父亲，没想到是这样的画面。这并不是我想要的结果，我感到很抱歉。我用眼神安慰他，歉意地拍了拍他的肩。

他应该是感觉到了我的善意，后来我再喊他，他不再躲避。虽然他依然低着头，依然话少得可怜，但，我们终于可以对话了。

他习惯于一个人单独坐一张课桌，在教室的后面。有一天正在上地理课，他突然站了起来，拿着手中的小树棍对着桌子恶狠狠地打，一边打一边喊："叫你打我，叫你打我！"老师让他安静，注意课堂纪律，他没有理睬；坐在四周的同学惊慌失措地散开了，他仿佛也不知道。他愤怒地用树棍打着课桌，嘴里喊着："打死你！打死你！"那一刻，他深深地沉浸在自己的世界里。那是他看上去最为暴力的一次。

我很心疼这个孩子。自从看到他父亲殴打他的行为后，之后我又试着与他的母亲沟通。然而他的母亲却像个隐形人一般，她几乎不说话，只是默默地干活。偶尔在路上遇到，她会转过身去，好像与我从未认识。之后，我又试着与他的爷爷接触，了解到这个孩子从小是被父亲打大的。但没有人能约束他父亲的行为，包括他的爷爷。

有一天，他突然对我说，等我长大了，我要把爸爸杀掉，用刀。我平静地问他，杀了他，对你有什么好处？我又说，他不是不爱你，只是爱你的方法不对。孩子低头沉默不语。其实，说真的，那一刻，我说出的话，我自己也不能确定。但是，我又该怎样说呢？"他不是不爱你，只是爱你的方法不对。"这一句，对孩子的伤害可能最小。

看着眼前这个高大木讷的男孩，我真的很心疼。可是，我能怎么办？我想，只能给他更多的理解、宽容与接纳。

我换了一种方式与他的父亲沟通。我打电话给他父亲，表扬这个孩子。我说他有进步了。他又进步了一点。他越来越好。

我也一直这样鼓励表扬他，告诉他，你变得越来越好；告诉他，你不用和别人比，只要比昨天的自己进步一点点就好。

真的就越来越好。

他身体变得更加高大，眼神却越来越平静温和。他的父亲依然是一身工作服，拎着一个饭盒，也在变得温和，脸上甚至偶尔有了笑意。终于，在初三的某天，他去掉了帽子和手套，手上的小树棍也不见了，虽然他依然沉默少言。

后来他毕业离校，我们再无联系。我不知道他会不会记得我，我其实一直放不下他。

有一天，在公交站台，我们遇见了。我看到他抬头挺胸站在那里，眼睛直视着前方。那一刻，我突然想起他以前的样子——生得高大，却一直低着头，低下去低下去，两脚不安地在原地搓着……而此刻他站在那里，安静、平和、温暖、阳光。我惊喜得内心狂跳，看上去却依然淡定如水。他也还是一幅安静的样子，淡淡地告诉我，他正在上一所职业技术学校。

我们安静地相遇，又平静地道别。我欣慰地看到，他终于长成了一个平凡人的温暖模样。

我又想起他的父亲，还有他的母亲。我不止一次地想，他们，应该还是爱着他的吧。

爱，是一种能力，最温暖，又最坚定。

我们在母亲节时歌颂母亲，在父亲节时歌颂父亲，在教师节时歌颂老师……其实我们歌颂的，既不是母亲，也不是父亲，也不是老师。我们歌颂的，是爱。

作者简介：

张萍，1972 年生，安徽马鞍山人。1988 年开始在《马鞍山报》发表散文作品，作品陆续发表于《江南文学》《作家天地》《安徽文学》《莽原》《啄木鸟》等刊物。

温一壶月光下酒

霍同长

五月书房听雨翻书，有一种散淡随心之乐。

雨天很忙，雨珠滴沥不尽，空阶滴到明。小溪流不尽，逝者如斯夫。雨打香樟树，吟啸且徐行。雨天很闲，脚步慵倦，心唯翕合。

林清玄散文有秋月镜花之悟，有清茶横笛之幽，冷月钟笛，温一壶月光下酒，诗心永恒。林师说，在遥远的北极，人一开口说话就结成冰雪，当场听不见，只好带着冰儿回家慢慢地烤来听。人的言谈是有情绪的，煮得太慢或太快，都不足以表达说话的情绪。性急者的"语冰"，得用大火烤；温和的"语冰"，得用文火。倘若是吵架，得用烈火，才能闻得当时哔哔剥剥的火爆声。

恋爱者的语冰，最为考究。要仔细酿造当时的氛围，先用情诗情词裁冰，再把它切成细细的碎片，加上一点酒来煮，那么，煮出来的话便使人微醉。倘若情意浓浓，则不可以用炉火，要用烛火加一杯咖啡，慢慢悠悠地，才不会醉得太厉害，还能维持一丝清醒。这样细腻散文情思，真叫人柔软。

倘若遇到不喜欢的人不喜欢的话，那真是耳根清净了，你只需将其语冰随意弃置便可。若是诤友良师之言，光风霁月之语，则需慢慢品来，煮一半，留一半放置冰箱他日慢慢细细品尝。北极人若是果真如此，真是幸福极了。

对此雅意，可以独酌。

煮雪是确有其事的。可以把桃红桂香用一个空瓶子装起来，等落花流水了，再打开瓶盖，细细品尝。把初恋的温馨盛装起来，等到垂垂老矣之时，或生唏嘘，或生微笑，或泫然欲泣。入林进山，将月光装入酒壶，以豪情为火，与诸友痛饮，必生清洁精神。林清玄说，喝酒是有哲学的，备足酒菜，喝得杯盘狼藉那是下乘的喝法；几粒花生米一盘豆腐干，和三五好友天南地北，是中乘的喝法；一个人独斟自酌，举杯邀明月，对影成三人，那是最上乘的喝法。

没有北极人的语冰，喝酒之时，何以助兴？可以读诗词，口吟心会最好，看书朗读亦好。喝淡酒，宜读李清照；喝甜酒，宜读柳永；喝烈酒则大唱东坡词。其他如辛弃疾，应饮高粱小口；读放翁，应大口喝大曲；读李后主，要用马祖老酒煮姜汁到出怨苦味时最好；至于陶渊明、李太白则浓淡皆宜，狂饮细品皆可。其实，这些隽语，又何尝不是古人的语冰？时间的风凝固了它们。

能够把去年的月光温到今年才下酒，能够站在秦楼酒馆，你就是个解人了。

把钟声山泉喝到心花怒放菩提心生，你便是居士了。

把满心烟火温出苍茫随意，你便是红尘隐者了。

无论怎样，你都要温一壶月光下酒。

作者简介：

霍同长，双本学历，安徽省六安市舒城县人。高级教师。个人著作《时间与笔尖并行》于2019年7月由团结出版社出版。主编《作文教材》（东方出版社）、《小学生同题优秀作文评析》等。

落日古城角

陶　静

"古城阴，一川新浸，天然尘外幽绝。"古城寿州，一砖一瓦，一街一巷，皆留有习习楚风，悠悠汉韵，满城都是典故。

四次为都，十次为郡，中国豆腐的发源地，淝水之战的古战场，"风声鹤唳，草木皆兵"的出处地，《淮南子》的诞生地……在寿州城里闲逛，街衢或巷闾，都能邂逅遥远的传奇。

夏禹定九州，大秦到西汉，其初名曰"郇"，瓜瓞绵延，悠悠远远，时而叫寿春，时而称寿州。历史的风，吹落了无数的繁华，却吹不断一串串积淀深厚的竹简。是因为淮水的缱绻，是因为八公山的屏障，还是因为温柔的老城墙，将遗韵流风紧紧地搂在怀里？

我爱古城墙。它古朴沧桑，气势磅礴，如一条苍龙环绕。伫立其上，摩挲着粗糙的砖石，便是抚摸历史的肌肤。看那萋萋草茎，随风起伏；看那绒绒青苔，攀附蔓延。沧桑是需要底蕴的，浅薄的只是荒芜。曲终人散的凄美里，有着过往的辉煌，令人扼腕。

我喜欢登楼远眺，平畴绵远中，白鸟一行天在水，绿芜千障野平云。八公山、护城河、古城，江山如画，一时多少豪杰。城楼下的青石板上，刻印深深的车辙，那是古城先民市井的叙事，与那些写进历史和传说的旧事一起，氤氲着古城，泼墨着烟雨。幽静的深街长巷，执着地流淌着岁月如水，绿色的藤蔓牵扯着左邻右舍。

我喜欢小巷漫步。古城的烟火味飘散着，淡淡的，却也呛人口鼻，那是历史的烟火。偶有行人迎面走来，相互注目，或微笑，或无声，都不敢惹起历史的尘埃。而我多么幸福，我不是古城的过客，我可以在这里做梦，我可以一直走下去，走到夕阳西下，走到炊烟四起，走到泪流满面。

小巷尽头，那扇朱红色的大门，已经面目全非，但边边角角，依然可以看出旧时的模样。门上粘贴的对联早已泛白。风轻轻挑弄那扇门，发出"吱吱呀呀"的声音，就像旧时光的嘲笑与戏弄。于是，小巷处处便有了光阴的印记，仿佛在诉说着古老的故事。

静，是寿州古城的灵魂。孔庙静，古巷静，清真寺静，报恩寺静。那里的飞檐凌空，雕梁画栋，徽风汉韵，依然驻留。千年银杏树，会在深秋举着满头的金叶，静成飞动热烈的火把，以死之绚烂，笑看世界，笑对生死。

古城的阳光是微温的，如荸荠色，如消散了鲜妍的古画。孔庙的飞檐、雕梁、花墙、银杏树，被推到我身后的远方，并抹上了一层亮色。天地浩渺，一身如寄。等到夕照西山，古城飞晚霞，晚霞映古城，古城便在此刻，一头扎进历史，将它的子民，带入今夕何夕的梦里。

落日古城角，这里就是诗，这里就是画。

作者简介：

陶静，安徽省淮南市人。安徽省作家协会会员，中国西部散文学会会员。作品散见于《鸭绿江》《参花》《散文百家》《西部散文选刊》（原创版）、《中国当代散文精选300篇》《中国最美游记》《精短散文佳篇选粹2019》等报纸杂志。著有散文集《飞花漫漫》。

南屏记忆

汪建武

"门坼光，门晃光。开推门，大天光……"一曲熟悉的童谣使我仿佛回到了童年，回到了几十年前的南屏。当时南屏还是西武公社的下属大队，下辖 10 个生产队，外婆所在的 5 队又称"中心队"。

南屏旧物多，首先就是足以让外人迷路的巷弄，但小时候，它却是我们的天堂。我们的欢笑如同呼啸的湍流，流淌其间。如果在清晨，或是夏日长长的午后，巷弄少人之时，但见物影摇摇，古屋幽深，屋顶上彩绘的凤凰，阁楼门上的"郭子仪拜寿"水墨画，都会勾勒出莫名的恐惧，它们会由双腿爬上心灵。

南屏的古屋，以奎光厅最大，它原是祠堂，后改为南屏小学，现在又还原成了祠堂。在它不远处，是另一个名叫"上官厅"的祠堂，这里成了生产队的稻场。对于村人来说，最快乐的莫过于丰收了。每年秋收之时，"上官厅"祠堂里都堆着一座座"谷山"，大袋小袋，杆秤地磅秤，分粮挑粮真忙。除此之外，"上官厅"祠堂还是开社员大会的地方，外婆参会时会带我来到这里，我清楚地记得，公社领导和大队干部们用黟县方言演读着发言稿的情景。

在那物资匮乏的年代，南屏大队只有一间"合作社"，外婆时常会带我来这里打上五分钱酱油，或者买一些盐、糖之类的生活用品。至于日常饭菜，多来自于自留的三分菜地。春夏自不必说，秋天时收获一些豆子晒干后，外婆会用个小米篮子装上一点带我去豆腐店换几块豆干，店里的老爷爷拿出刚出锅的一板豆干，慢条斯理地用方型木尺比划着，再用刀子切成一小块一小块，至今我依然能闻到那馨香的气味。

社员家中的用水，是要从井里打上来，挑回家倒在水缸里的。洗菜、洗衣服和洗锅碗瓢盆，则会用竹篮装着去小溪洗。离外婆家最近的小溪叫"上水渠"，也就一米多宽，一年之间会有六个月以上干涸着。"上水渠"往西一百米的河滩称"溪边"，清澈的溪水从南屏山流下，绕村西而过汇入武源溪。每天溪里都有许多人在洗浣，哗哗水流声、棒槌捣衣声、欢声笑语，一起汇入溪流，流向远方。

妈妈周日都回到南屏，她会将家里的衣服和锅碗瓢盆等装进篮子，满满当当地拎到溪边去洗，我便跟着一起去。每次洗之前，她会顺手翻开河里的小石头，抓只小螃蟹哄我，然后微笑地看着我。溪水清凌凌地流着，母亲一直微微地笑着。

更多的时候我是孤独的。有一次，我一个人蹲在"上水渠"狭窄的石板桥上，用一根小竹子捆着棉花团在玩"钓鱼"。大队的一位社员犁完田赶着牛回村，来到"上水渠"时，牛便不走了，因为再上前就会踩到我。当时的我太小，庞大的牛遮住了社员的视线，他抡起鞭子狠狠地抽打不听话的牛，但灵性仁厚的牛依然纹丝不动。社员顿觉不对，这才看到了我，大呼道："啊呀，小毛头啊，你怎么在这里？"时至今日，每当我想起那头牛儿，心里依然会有歉意和感激。

南屏离县城只有五公里路，但在当时的我看来却很漫长。每次去城里，外婆都会背着一个蓝布包袱，牵着我步行从万松桥出村，经余光村、钟山至城区，路过村庄小店亭前时，便会坐下来歇歇脚。如果是搭乘公交车，就需要步行至陈阊，城区往返西武的班车每天两个班次。南屏到陈阊的路是弯曲的田间小道，有一次我和外婆稍迟了些，出了村西的西关桥后，只见远处公交车已经驶出了陈阊前往古筑，心里非常失落，只好无奈地步行到城里去。

当时人们的文化生活也是贫瘠的。远处西武公社所在地古筑村山上，会在每天的几个固定时间段播放"东方红"，社员们嘴里和着，纷纷扛着农具下田干活。偶尔在大队的草坪墩广场上放场露天电影，那就是乡村盛事了。男女老幼们扛着长凳短凳，早早地来到草坪墩坐下。

到上世纪 80 年代初期，南屏开始变化了。先是道路变了，南屏到陈闾，由弯曲的田间小道，变成了笔直的机耕路；接着是经济变了，村内私人小店也陆续开了几家，合作社渐渐退出了历史舞台。到 80 年代后期，文化生活大变样了。1989 年，电影《菊豆》在南屏拍摄，这个沉睡已久的古村落终于被唤醒，"上官厅"成了片中的"老杨家染坊"。借助电影的宣传，南屏一下子走红，声名远扬，发展旅游、打"菊豆"牌也成了当地的发展思路。

村里的环境整洁了，南屏小学迁出后，"奎光厅"也成了一个景点，因村中至今仍保存相当规模的宗祠、支祠和家祠，被誉为"中国古祠堂建筑博物馆"。之后，伴随着《大转折》《卧虎藏龙》《复活的罪恶》等电影先后在这里拍摄，南屏也赢得了"中国影视村"称号。

"……猪劈柴，狗烧火，猫烧饭，烧进粿，魍狐挑水满街坐，鸡公洗碗连爪爪……"熟悉的童谣从南屏唱起，一直唱到了黟县古城的文艺汇演舞台。"千年古县，漫居古城"的号角正在吹响，以黟县古城为中心向周围辐射的旅游格局正在形成。现在，南屏村每年都会有大批游客来这里旅游，南屏这颗明珠正发出璀璨的光芒。

作者简介：

汪建武，黟县作家协会副主席、安徽省散文随笔学会会员、中国电力作家协会会员，现供职于国网安徽省电力有限公司黟县供电公司。

行走在冬天的陌上

夏小明

　　季节的辗转，总是那么悄无声息。转眼间，严冬来临，天地间已换了容颜，冬天的陌上已宛若一幅淡雅的水墨画卷。清晨，行走滨河公园，凛冽的寒风，早已萧瑟了滨河的喧闹，静静的护城河也没有了往日的清澈和丰盈，水面上结了一层薄薄的冰，河畔那曾经像绿色丝带一样多情曼舞的杨柳早已枯了枝叶，纷纷落下的枯枝败叶被风驱赶着，惊惶逃窜。水中一簇簇芦苇，叶子早已枯黄，灰白的芦花依然丰满多姿地在寒风中摇曳，不离不弃地守护着静静的河水。

　　一旁有荷塘一方，一塘的枯荷低垂，仿佛沉思着深邃的哲学。寒风瑟瑟，窸窸窣窣的声响，让人心生孤寂。想起"小荷才露尖尖角"，想起"映日荷花别样红"，不由令人感叹时间，感叹命运，感叹际遇，感叹一切留不住的美好。心下一地苍凉。

　　"风吹木叶飞，霜白庭前结"，深沉与寂寥是这个季节的主角。天地苍苍，抬头仰望，行行树木萧萧而立。想起三毛说过："如果有来生，要做一棵树，站成永恒。没有悲欢的姿势，一半在尘土里安详，一半在风里飞扬；一半洒落荫凉，一半沐浴阳光。非常沉默、非常骄傲。从不依靠、从不寻找。"一棵棵落尽繁叶的树木，那张扬的枝丫和简约的线条，仿佛在向人们述说繁华终会过去，而人须有风骨，才能在最寒冷的季节，有铮铮铁骨可以笑傲。

　　但繁盛是必不可少的。经过了绚烂的平淡才有深度，才有内容，才有真正的宠辱不惊不悲不喜。人生也罢，自然也罢，如果没有杂花生树的春天，没有万木繁盛的夏天，没有硕果累累的秋日，只有极简的冬天，那么就只剩空乏的萧条、空洞的寂寞了。删繁就简，"简"之美，"简"之潇洒，"简"之自由，须有"繁"的过程，"繁"的比较。真正的、彻底的放下，是在"有"之后。

行至情人桥附近，发现水面上新增了几组变色光喷泉，那凌空飞起的水花在变色光的映照下闪闪发光，像一颗颗美丽的珍珠在空中飞舞，给静静的护城河增添了一丝灵动的气息。驻足流连间，忽有暗香袭来，寻香四顾，看到了"墙角数枝梅"，黄色透亮的花朵，犹如花枝上一粒粒火焰。哦，原来，冬天也不全是萧瑟，极寒之处，已有春意缓缓生。譬如那苍松翠竹，譬如那红花檵木灌木，或苍翠，或热烈，让最低落的人，也会因此眉目生动起来。

伫立冬天的陌上，期待一场雪，看天地间白茫茫一片。再约好友几人，共炉饮酒，隔帘听雪，正是冬日赏心乐事。期待新年的烟火和钟声，那可是春的脚步。期待花再开，期待人常好。

四季轮回，皆是风景。人的一生亦如四季，当岁月沧桑成风景，在人生的冬季，也要"做一棵树，站成永恒"，以一棵树的心态，在冬的萧瑟中站出自己的风骨，相信冬天依然很美，只要内心装着风景，何惧刹那风华。把快乐和深情揉进冬天，且在冬天的陌上期待明媚的春天。

作者简介：

夏小明，安徽省天长人，中学高级教师。有多篇散文诗、散文发表在《中国教师报》《安徽日报》《中学生学习报》等报纸杂志上。

风中犹有楚歌声

刘玲梅

去看虞姬，正值霜风渐厉。

虞姬距我仅十五里，在一座以她为名的文化园里。我曾去过几次，却没有去看虞姬，不敢轻易面对亘古的悲伤。更何况，我看过另一个虞姬。

那是在灵璧渔沟镇天一园，我跟在纷沓的队伍后面，在亭榭山石间游荡，不小心就遇到了虞姬。天一园里的虞姬正幸福着，她与项羽执手抵额低语。那是一块通透的灵璧石，石头的中间有一小片温润的白，正适用那句早被说俗了的诗：心有灵犀一点通。纵使周遭空无一人，他们也低语着，连风和空气中的微尘也不能偷听了去。

我不忍惊扰他们，便悄悄离去，却也因此有了心结：我要去看看另一个虞姬。不是因为有心自虐，而恰恰是因为，渐进中年，对于爱，有了更深的理解。

大寒伊始，雾深霾重。虞姬文化园甚是冷清，而这正合了我的心意。抖落满身风尘，入园，读《虞姬文化园记》。"项羽者，豪杰也。"仅开头六字，读来便深觉愧对虞姬：既是虞姬文化园，为何以项羽为先？她本是个体的，是鲜明的，是成全霸王的。在铁血沙场上，虞姬的鲜血，凌厉了风霜，也温柔了史册。

我在园内寻找虞姬。穿廊过院，穿过项羽的主殿及几大配殿，四处茫茫皆不见，不由心酸。此园竟是霸王的，是游人的，却唯独不属于虞姬。属虞姬的，只有那圈青砖围砌的坟丘。她端立，不言不笑，衣袂不飘。乐舞俑跽坐于前，歌舞满园，洞箫呜呜闪过林梢，如怨如慕，如泣如诉。虞姬，在千载风霜中竟如此孤独！

"虞姬为何要死？"当年看电影《霸王别姬》，印象最深的就是程蝶衣向段小楼问出的这句话，以及"她"最后自"霸王"腰间拔出佩剑时的神情。当冰冷的剑锋划向颈项，悲歌顿起，而虞姬却是那么平静。平静里还有一份期待，她期待霸王东山再起，却未料项羽会自刎乌江。终负当时诀别意，香魂遗恨汴堤南。

虞姬最终成了传说，在各种各样的版本里凄美着，历朝历代，吟咏不绝。而我总觉得那些是与虞姬本人无关的，那是文人臆想中的虞姬，是借以遣怀的符号。就如"饮剑何如楚帐中"，这感慨，既是林黛玉的，更是曹雪芹的。虞姬只是虞姬。

她也不会成为张爱玲笔下那个设若霸王独统天下后的深宫寂妃。我不喜张爱玲此设想，一如我排斥某县志中虚说虞姬身首异葬。生时的呵护还来不及，为君饮剑，他的心该是怎样的疼，泣血草葬已是愧对，割颅随带的说法何其残忍！若非生逢乱世，他与她原本可以策马江湖的，可以修篱种花的。假如项羽战胜了刘邦，想来他一定会在治国理政之余，守着随他征战左右的爱人，看她舞长袖，陪她醉斜阳。可他终究还是败了，败也败得豪气干云。而虞姬，只能青冢独眠，看残阳如血。

灵璧虞姬文化园在修建期间，我曾有幸欣赏到画家马林特为文化园所作的画。背景是霸王别姬的前夜，项羽坐饮帐中，虞姬立于其侧。似有隐隐的楚歌传来，项羽的后背，虞姬的侧脸，在轻拂的纱帐中多了几分凄怆感。画中有霸王的无奈，有虞姬的决心，更有画家的匠心独运。我有意收藏那幅画，再寻时那画已不知去向。

这世间下落不明的人与物，太多太多，像虞姬落幕的容颜和穿越寒风的视线。那风从两千年前吹来，吹过苍茫大地，径入历史烟尘，不消不散。

作者简介：

刘玲梅，泗县人，安徽省作协会员，在《安徽文学》《作家天地》《华夏散文》等报刊发表散文作品。

秋分舒畅

王晓珂

秋光一缕缕吹散，弥漫在天地间。它抚摸着河水，它欢快了微凉的风，它舞起绿意未褪的叶子，它荡起一湖粼粼的细波。已到秋分，枝头挂满果实，丰收在望的秋意，写在广袤无垠的田野上。叶落在林间小道上，舒舒地聆听秋风的声音，岁月携带色彩悄悄赶来，缤纷的日子将在秋天的时光里放飞。

夜晚的时候飘来细细秋雨，湿润的风挤进窗里，手中读的书放在木桌上，推开门走到廊檐下。想到她，那个叫舒的女子，想起了那个古巷和那间老房子。聆听窗外雨水的滴落声，像是她在诉说着，响在耳边低低叹息的话语。

岁月不停息地赶路，与舒认识转眼间几年过去了。第一次的单独相见是初冬午后的小巷，透过老房子的小木窗，看到她在房门口张望，白色的羽绒服，衬托那微红的脸，我走出门迎她进来，从此开始了辗转反侧的爱恋。

小巷里的那间老屋总是潮湿的，墙的上面只有一扇褪尽色彩的小木窗。后院有一条窄窄的小石板路，青苔滋生，苔藓上的白点如花。这是城中孙姓的府第，曾经出过状元和进士，如今时光斑驳。小巷的尽头是有着千年时光的庙宇，是华东最大的寺庙。我仿佛听到窸窸的脚步声，它们去了哪里？它们可曾回来？

小巷是清静的，偶有三轮车滑过。老大门里，走出慢慢悠悠的老人，仿佛从旧时光里走来。伸出墙外的凌霄花，已落下一地的红瓣。

那时，舒常常的晚间过来，月光朦胧，时隐时现。月是低调的，就像舒。我们坐在本色的木桌边，采摘的野花插在陶罐里，一壶茶，两个杯，泻上满满的微笑，舒畅的话语，还有暖暖的拥抱，每一次我用心而认真去聆听她……

春去冬来，时光匆匆。古巷小屋里的小花小草们，在没有阳光的照耀，没有温暖的相伴下，渐渐地凋谢枯萎了。也如同舒一样渐渐地离我远去，曾经古树下说过的话也轻得像一片片落叶，相牵的手被风吹开，但我们的眼里还是一样的季节，默默地祝福与关爱。

初秋了，城河的水降落了许多，原有的小路依旧踏着散步的人们。夕阳落下，散步的时候，远处走来一个熟悉的身影，原来是舒，她看到我伸出手来，平淡地笑道："好久不见，听说你又结婚了，过得还好吗？"我笑笑，也伸出手去，相握。"还好。"简单，自然，仿佛一切都不曾发生过，仿佛她出了趟远门，拉着家常，又像知己的朋友，所有的甜蜜此时化作了友情，在时光的霞光里染红彼此的内心。舒明澈地看着我，眸子像秋，风韵像秋。城河边，叶子已渐缤纷，秋林显出了它们的秀逸，那是一分不需任何的点缀与不在意俗世繁华的真诚显露。

秋风吹拂着我的思绪，很多时候，我们会经历一段感动的时光，经过岁月的漂洗，一些虽淡然，一些已消泯，而有些却会越发锃亮。珍惜与关爱，如枫叶一般的美，那经霜的素红，在每个人的心中化作一汪清泉，洗灌着灵魂，滋润着生命。

作者简介：

　　王晓珂，安徽省作协会员，淮南市作协理事，寿县文联副秘书长，寿县作协秘书长。

风景这边独好

郭兴华

去淮北，如果不去濉河公园走走，是件很遗憾的事。

濉河公园位于新濉溪东岸大堤上，濉溪人称之为西大堤。原来的西大堤杂草丛生，垃圾遍地、又脏又臭。为了推进"中国碳谷，绿金淮北"建设，为濉溪人营建一个良好的生活环境，濉溪县委县政府启动了西大堤的整治工程，濉河公园由此而生。

濉河公园北起刘专线南到五宋路，全长 5000 米，东西宽 70 米，总面积约 38 公顷，是一个集生态、休闲、游览、健身、科普教育为一体的综合性滨水公园。园内建有观景台、亲水平台、拉膜广场、青少年宫、文化墙、特色茶楼、图书阅览室、各种凉亭、廊子和桃花园等，多达 20 多处胜景。

濉河公园南北长 10 余里，其间有几条马路横穿而过。公园的建造者就为游人进出公园设置了多个进出公园的园门，各个园门的构造形式绝不雷同，使游人每进一个园门便感到别有洞天。十里公园，三种风格，使游人进入公园举目有景，而景景各异。

从隆兴桥向南至五里郢为公园的南段，为南景园，名之为"桃花园"。进入园门，一块标牌赫然入目，上书"心中若有桃花园，何处不是水云间"。桃之夭夭，灼灼其华，桃花具有最完美的女性气质，艳丽、妩媚、妖娆，桃也是长寿的象征。

桃花园宛若一个不事铅华的农家少女，淳朴而妩媚，清新而自然。桃园占地 30 亩，植有桃树数千棵，桃树各有其态，各具其形。

舒展的枝枝桠桠犹如瑜伽美女般伸展身形，又如拉丁舞者的曼妙舞姿。沿河水边，垂柳依依，柔枝袅袅，微风梳弄着柔枝，飘起阵阵轻烟。园内修建各式凉亭，亭盖上覆以茅草，恰如农舍，使得整个桃花园呈一片田园风光。每年桃花盛开的季节，帅男倩女，翁媪垂髫，结伴而来，穿梭于桃林之间，分不清哪是桃花，哪是笑颜。时有游人引吭而歌"在那桃花盛开的地方……"闻歌始觉有人来。

由桃花园向北至郭楼桥为濉河公园的中段，为"中景园"。这一段颇具苏州园林风格。宛若大家闺秀，大方、端庄、沉稳、内敛、矜持、娴静。公园的设计者匠心独运，使之从濉河水边，一直到河堤上边，景观层现，各有不同。沿河水边，叠放巨石，而巨石的叠放，蜿蜒曲折，高低错落，似天然而成，无堆砌之感，不见匠心而匠心独见。巨石之上，常有长竿垂钓者，亦有挽裙赤脚戏水之媛童，也有顽童跳跃其上者。

由这里往上，亦即向左，是一条青砖铺成的笔直甬道。道左边，是一条约 40 厘米高的矮石墙，墙内植以金边黄杨和红叶石楠，一年四季，红黄绿，煞是养眼。再往上斜坡，是满满的月季花，紫红的、鹅黄的、淡红的、月白的，姹紫嫣红，幽香阵阵。再往左，是一条灰地砖铺成的绿道，绿道左边矮石墙一堵。墙左种的是迎春，它们一簇簇一丛丛，绿色的枝蔓向四处延伸着，像绿色的喷泉向四外不断流淌着。那星罗棋布小黄花，一朵朵像倒立待发的火箭，又像喇叭在吹奏号角。再向左，是一行行高大挺拔的水杉树。水杉树下有绿植覆盖，仿佛绿毯一般。再往左的斜坡上是一片一片的石榴园，每到五六月间，满园的石榴花，灼灼如火。

上了河堤，是一条宽阔平坦的绿道，绿道右边，植有挺拔的龙柏。龙柏树下，有修剪平齐的小龙柏平铺直叙。宽阔平坦的河堤之上，栽有高大的雪松，间或植有丹桂和金桂，每到八月间，香溢满园，浓郁的桂花香弥漫整个县城。沿绿道向里，修有弯弯曲曲的小径。小径时而穿过花丛，时而从假山后面逶迤而出，时而通向竹林幽深之所。园内遍植月季花、迎春花、鸡冠花、紫薇花、木芙蓉、石榴花、桂花、万年青和樱花等数种花卉，栽有水杉、雪松、女贞、石楠、桧柏等万余株常绿乔木。那高大的水杉和雪松，直指蓝天，正是濉溪人奋发向上勇于进取的象征。草丛林间，常有怪石伏卧，如果飞将军李广至此，定会以为虎而挽弓射之。常有身披婚纱、肩挎相机者徜徉于花丛中，摄影亦为人所摄。

濉河公园的北段为"北景园"。北景园为南方热带风情，像是一个热情奔放开朗大方的时髦女郎。一进园门，是一个阔大的广场，四根高大的门柱兀立两旁，门柱两边，是两面宽大的浮雕墙。东边墙上镌刻着巨龙飞马，象征着淮北人的龙马精神；西边墙上镌刻着彩凤牡丹，象征着中国人民美好的幸福生活。迎门处，是一个扇形的大花坛，坛中植以花草，花坛正中立一巨石，石上书"濉河公园"四个朱红大字。园中置有多个凉亭。亭有单亭独立的，有双亭联袂的，还有多个蘑菇亭散布其中。除亭之外，还建有条形长廊和弧形长廊及玻璃长廊，各种造型的花坛随处可见。一条宽阔的绿道贯通景园南北，道旁植以高大的广玉兰、白玉兰、红玉兰。玉兰树下种着小龙柏，小龙柏被修剪得平齐，像一条绿色的绸带飘向远方。园内广植高大的银杏树和挺拔的棕榈树，红叶石楠、金边黄杨遍布园中。园中还建有儿童乐园和健身广场。

濉河公园美在自然，更美在浓厚的人文氛围。

公园内设置了开放式党校，使人可以身在公园内，便知天下事。园内多各式标牌，写有防火知识、饮食健康常识、地震知识，等等。园内的青少年宫可供孩子们学习书画、舞蹈、音乐，人们可在这里阅览各种书报。大型文化墙上刻有洋洋千言的濉溪赋。无名烈士广场上，人们可以寄托对为建立新中国而逝去的烈士的哀思。有特色茶楼和人文凉亭若干。人文长廊、亲水亭榭和人文广场，假山和喷水池，凉亭和亭柱上及廊柱上都刻有楹联。这些楹联内容有的是描绘自然风光，如桃花园中空中凉亭之《桃园观澜》亭联曰"八面风光皆入画，万家灯火总关情"；《怡然亭》则曰"花开花落春秋度，霞映霞飞天地红"；《书香亭》题联曰"大千世界尽收眼底，无限风光常刻心中"；《西霞亭》题联曰"看蓝天绣锦，赏绿地披霞"。《相灵远眺亭》题曰"相灵叠翠涌青霭，濉水流金映碧天"；另外还有《天光云影亭》题曰"峰岚映水鱼游岭，花影浮波蝶入池"；《听涛亭》题曰"两岸青杉腾绿浪，一溪碧水映蓝天"等等，多为写景抒情。有的楹联是宣传传统文化的，如"忠心昭日月，诚心鉴古今；仁至畅行天地，孝诚慰藉椿萱"；有的楹联教人以美德，"正义做人人敬仰，公平执法法辉煌；善心展现古今之爱，友谊和谐中华之人"；更有激励人们勤奋上进之联，"由浅入深宜渐进，自强不息应超前"，"信心百信能成事，诚信十分可聚财"，等等。最有趣是中景园里的双亭，两亭直连，有人戏称为"情侣亭""恋爱亭"，亭题一联曰："同憩同息如伴侣，并飞并驻似鸾凰。"而该亭的真正题名为"鸾凤和鸣"。园中的每个亭和廊的取名，既古典有诗意，又新潮，如："桃园观澜""落霞亭""怡然亭""书香亭"……每个亭的题联又与该亭之名相互吻合，珠联璧合。

濉河公园的长廊和凉亭里都有题诗。它是濉河公园的亮点，是濉河公园浓郁文化气息的体现。这些诗作有律诗有绝句。诗情或描绘旖旎的自然风光，或歌颂改革开放给农村带来的变化，或抒发淮北人投身改革大潮的壮志豪情。现撷取一二，与大家共赏。"草青柳绿百花艳，亭紫楼红众鸟喧。飞瀑假山水景亮，桥横碧水彩虹妍。儿童滑步展展鹏翅，翁妪畅谈露笑颜。盏盏华灯亮如昼，轻歌曼舞颂尧天。""朝阳暖暖黄莺起，青草萋萋紫燕飞。碧水蓝天亭画栋，拱桥新柳报春晖。""新农村，迈小康。参天树掩楼房。百花开，满村香。碧水流，日月长，广场上，歌声扬。书屋内，学习忙。干群合，民富强。生态美，福寿长。""创业守成岂等闲，勿忘斩棘费辛艰。斗地战天除穷白，改革创新促变迁。经济腾飞增国力，科学昌盛上高端。和平发展乾坤转，特色淮北耀大千。"公园里那些诗和联，字体或楷或行，或篆或隶。阅之诵之，可养眼明眸，可以清口养心。

每天，晨曦微露，晨练的人接踵而至，有练走步的，有打太极的，有打腰鼓的，有舞枪弄剑的，有跳扇子舞的……整个濉河公园，热闹非凡。到了黄昏，忙了一天的人们又开始走向公园放松放松。有跳广场舞的，有拉弦演唱的，有偕家人散步的。夜色未浓，公园里的高柱灯、霓虹灯、地灯就唰地亮了起来，把整个公园照得亮亮堂堂，人影灯影倒映在濉河的清流之中。舞姿翩翩，歌声不断。这锣鼓喧天，唱起了"走一道岭来翻一架山……"那边笛声悠扬，唱起了"清凌凌的水来蓝个盈盈的天……"倘若朱自清和俞平伯身临此地，一定会写出同题旷世美文——《风景这边独好——歌声灯影里的濉河公园》。

2017 年，濉溪被评为园林式县城，淮北被评为全国文明城市。我们完全有理由说，濉溪，淮北，风景这边独好！

作者简介：

郭兴华，濉溪县人，中学高级教师，曾在《淮北教育》《中学生学习报》《安徽老年报》《北方周末》《淮北晨刊》发表论文、散文、诗歌多篇。

故乡的河流

方锦华

　　漳河是我的母亲河。她从茫茫绿色山野中奔涌而来，将我的故乡分割成河东与河西。在这里她放慢了脚步，张开了怀抱，略做小憩，之后又匆匆流向率水，汇集到新安江。这个不起眼的地方远古曾经是"七省通衢"的水陆货运中转站，是徽商鼎盛时期的聚集地，残存的七座河埠头依稀可见旧时的繁华。

　　记忆中的这条河流总是清澈见底，满载着述说不完的风情，她几乎流彻了我的整个童年。

　　清晨，小镇还在寂静中熟睡，河面升腾着薄薄的雾气，迷离朦胧。母亲温柔又无奈地把我从床上推醒。这是家家户户挑水的时间，小镇祖祖辈辈都喝着漳河水长大、离开。

　　漳河在夏日的傍晚迎来了她最欢腾的时刻，无论是大人孩子还是男人女人，都尽情跳入清澈的水中，消暑冲凉。有一回，河埠头上一位漂亮的浣衣姑娘侧眼看到水中赤裸的酮体，羞涩得脸通红起来。不知道哪位好事的后生从水中大喊道："晓兰，晓兰，嫁给我吧！"随后就潜水到河埠头边，倏忽把这个叫晓兰的姑娘拖入水中。晓兰不会游泳，顿时手忙脚乱，后生们不免一番惊恐一番嬉笑。后来晓兰果真嫁给了那位毛头后生，还在河埠头上举行了婚礼，鞭炮的热闹铺满了平静的河面。

　　还是蹒跚学步的时候，母亲洗衣时总牵扯着我。我最喜欢将双腿放进清澈的河流中，看成群的小鱼苗来吮吸，痒痒的，酥酥的。

第一次跳入水中，也才五六岁，呛了几口水后被大人救起。稍大的孩子将我拖拽到浅水区，双手兜着我的下巴教我游泳，不日就学会了。家里人不知道发生过这样一幕，河里的人似乎并未惊奇，救我的人也不曾宣扬，更没觉得自己是个英雄，一切都是那么的平常，不需要任何的感激，我至今也不记得是谁救了我。这样的事情确实太频繁，小镇又有谁孩提时代不是如此冒失地跳入水中的呢？可从来没有传出谁家孩子被溺水身亡的噩耗。

此后，我便开始游走在河滩，沉浸于河流。与今天的孩子相比，那是何等惬意、纯净、奢侈的童年。

有一年，有两位刚从上海下放到河西生产队的男女知青，在一天中午，偷偷地跑到离开小镇三里以外河的上游洗澡。应该是一对恋人吧，他们想避开小镇的喧闹，可他们不习水性，更不熟悉河道，结果溺水了。幸亏被激流裹挟到下游的河滩上，让一位放牛的老者发现，将他们卧放在牛背上吐水，救了他们年轻的生命。当晚，放牛的老者在我家门口的老乌桕树下乘凉时笑说："这对后生！真好笑，醒来还一个劲地讲水真甜，不要命了，不要命了！"听得众人都捧腹大笑起来。

"母亲河"也有暴虐和哀伤之时。

多少次，肆无忌惮的洪水无情地淹没庄稼，摧毁房屋。好几年端午时节，我畏缩在母亲的身旁，目睹洪水一步一步地漫到家门口，从上游漂下来的家具和牲畜在水里载浮载沉。有一年，我家的一栋老宅就在洪水中慢慢倒塌。

大雨倾盆，洪水泛滥。而每每此刻，公社"领导"陈主任则一边组织抗洪救灾，一边在河埠头上召开现场批斗会。他独自高呼口号"与天斗，其乐无穷！与人斗，其乐无穷！"看得出，他的确非常好斗，也非常快乐。然而，跪卧在劈开的竹片上那个所谓的"五类分子"则痛苦万分，膝盖流淌着鲜血，任雨水冲刷，流入漳河。其实这只是个能写几句诗词，画得几幅画的文弱书生，早年镇上人都尊称他"章老师"。据说新中国成立之初，他的兄长逃到了台湾，于是"运动"中他无疑就成了"对象"。况且他在某个子夜居然还摆弄过家里一部陈旧的半导体收音机，被警惕的邻居报告为"电台"，迅即就被"革委会"抄了家，其实他和兄长早就失去了联系。

洪水还没有退去，章老师在一个暴雨如注的深夜投河自尽了，亲人们躲在家里哭得死去活来，之后，索性将他珍藏的字画一股脑儿地抛入滔滔大河，随他一同而去。半个月后才在漳河的下游几十里外寻见了他的尸体，竟无人诧异。

这样的事件，在我童年的记忆中至少出现过五六次⋯⋯

岁月荏苒，时代变迁。母亲河静静地记录了小镇的荣辱兴衰，见证了两岸子孙的喜怒哀乐，她总是以极大的热情和宽容回报着小镇。

自尽于她怀抱中的人终于得到了平反。淹没的土地变得愈发肥沃，早被分给了村民。摧毁的老宅屹立起更加坚固的高楼。新兴的工厂和作坊都纷纷在她的身旁开辟建造，人们除了收获还是收获。

小镇迎来了最富庶的时代，但漳河却有过被污染的沉痛的过往。河水发臭，鱼群迁徙，水鸟不再翻跹于清凌凌的水面。值得庆幸的是，这已引起了重视，那个"水好甜啊"的母亲河终会重临，在乡愁的梦里，在漳河儿女的耳畔，轻轻吟唱。

作者简介：

方锦华，20 世纪 80 年代初开始发表文学作品，迄今发表小说、散文、报告文学等 100 余篇，作品散见于《清明》《新安晚报》《安徽法制报》《安徽工人报》《黄山日报》等，并有部分获奖作品。

吾爱孟夫子

金　敏

　　春日怡人，醒来伸腰蹬腿，脱口而出便是孟夫子的"春眠不觉晓"。言罢身心俱清，有飘举之妙境。不用细味朱自清之《春》了，且徐吟几句《春晓》，心就烂漫了。

　　李白说："吾爱孟夫子。"平白如话，直抒胸臆，不由令人将太白一起爱了。是啊，谁不爱孟夫子呢？谁在春睡醒来时，嘴边心上涌起的不是这一句呢？

　　皮日休评孟夫子："遇景入咏，不钩奇抉异。"可谓孟夫子知己了。孟诗好在一个"真"字，好在一个"纯"字，譬如自然，不作态，不忸怩。有朋友约喝酒，"故人具鸡黍，邀我至田家"；田家怎么样？那景真是美，"绿树村边合，青山郭外斜"；席间很温馨，"开轩面场圃，把酒话桑麻"；酒足饭饱后，接着约，"待到重阳日，还来就菊花"。大白话，为什么就能勾人情思？因为其心也真，其情也善，其言必美。

　　读孟夫子诗，不舍得立即读完。每一粒文字，都是一颗颗珍珠。我省著名作家潘军先生曾说道："写了这么多，如果能有二十个字流传后世，我就知足了。"如此，孟夫子当可笑慰平生了。不说《春晓》，不说《过故人庄》，不说《宿建德江》，便是《望洞庭湖赠张丞相》，怕也是凡读过唐诗都能记得住的吧？尤其是"气蒸云梦泽，波撼岳阳城"，那里寄居着一个不同的孟夫子。

　　世人说唐诗，必提李杜。李诗大源于《楚辞》，杜诗大源于《乐府》与《诗经》，而孟诗则来自于五柳先生，得其淡远，得其随性，而以偶尔一现的磅礴别于陶诗。陶渊明先仕后隐，而孟夫子却一生未曾入仕。他说，"欲济无舟楫，端居耻圣明"，无人提携；他说，"当路谁相假？知音世所稀"。他只好回归鹿门，"只应守寂寞，还掩故园扉"，而在虚掩的门扉之后，他一直在等着，然而，大唐的月色虽好，却无人乘着小船而来。

年轻时，我曾因此鄙薄过孟夫子。当我经历之后，才明白人生多艰。谁没有理想？谁不想让自己和家人过上较好的生活？谁不想有体面的工作？谁真心只想做个听风赏雨的山中人岩栖者？他干谒张九龄，他拜托王维，但不久张九龄被排斥，王维自己亦有退隐之心，在送别孟浩然的诗歌《送孟六归襄阳》里，王维劝他早日归隐："杜门不复出，久与世情疏。以此为良策，劝君归旧庐。醉歌田舍酒，笑读古人书。好是一生事，无劳献子虚。"回到田园，读书喝酒，不要再献诗、递行状以求仕进了。

可是，围城里的人想出来，围城外的人却想进去，千古如此，孟夫子又岂能免俗。即便是心灰意冷之后，他犹有满腹怨气："不才明主弃，多病故人疏。"不必怪，不必讽，也不必嘲，这才是真实的孟浩然，才是真实的人生，真实的人性。

天才绝艳的李白是孟浩然的粉丝，目送他远去，太白的"孤帆远影碧空尽，唯见长江天际流"为大唐的江面，留下了永远不落的帆影，如此还嫌不足，干脆直抒胸臆：

> 吾爱孟夫子，风流天下闻。
>
> 红颜弃轩冕，白首卧松云。
>
> 醉月频中圣，迷花不事君。
>
> 高山安可仰，徒此揖清芬。

有人说好，有人微哂，有人嘲弄，因为很多人以为李白错了，孟夫子一直都在求官，或者在求官的路上。但是，君可知，李白岂能不知。如此说，是安慰，是劝慰，是安其心，当然，也是自勉。如此而已。

作者简介：

金敏，出版散文集《聊心》，代表作《孩子，我们一起来阅读》获广州日报社征文奖，《茶心》获《饮食科学》杂志征文奖。

哦，这清明的雨啊

张步根

仿佛要把一个季节的雨都下完似的。就这样扯天扯地，急如星火。就这样没日没夜，噼噼啪啪。就这样不紧不慢，没完没了。这清明的雨啊，像一川烟草，满城愁思，看不到尽头。我枯坐在路边的车子里，看那细细的雨刮器茫然地来回奔走，思绪飘远。

每年清明，我都要回去看父亲，如此 27 年了。1994 年 9 月份，还有几天就要过中秋节了，父亲来了，挑来沉甸甸的一担大米。女儿刚刚上小学，爱人和我工作又忙，母亲便在我这里照顾孙女儿，家里只有父亲一人。他既要操持自己的吃喝，又要耕种 10 多亩田地，十分劳累。

记得我那天下班到家时已经快 12 点了，父亲坐在客厅的沙发上，黑瘦，头发没剪，胡子拉碴。抽烟的时候我看到他手上胳膊上青筋爆出，显得十分的苍老疲惫。因为事先没什么准备，家里的菜很少，只有两样蔬菜和我下班路上临时买的两条小鱼。快吃中饭的时候，父亲的右手指忽然抽筋，很长时间伸不直，最后在我的帮忙下才勉强拽直。当时真是太缺少常识了，殊不知这就是严重的心脑血管病爆发的前兆。

饭桌上我们聊了一些家里的事。父亲很沉重地说，他身体不行了，很多事情真的做不动了，眼看要收割了，没有人手，想要母亲回去帮忙。话语中透出很多的无力和无奈。听完后我很难受，母亲不在身边的这些日子，父亲真的老了。我很为难，一边是老去的父亲，一边是爱人第二天要到省城去学习培训几个月，我要到省里参加一个会议，孩子刚上学不能没人管。我只好和父亲商量，让他回去请人帮助收割稻子，钱我们来出，父亲权衡再三，答应了我的要求。殊不知我这个愚蠢的要求终究铸成了大错。

那天的饭我吃得很快，父亲喝了一点酒，是我留了很长时间的半斤口子窖，就着那点小菜父亲喝了很久。饭后，父亲说家里事多要回去，急惶惶的样子，我也没再挽留，现在想来真是懊悔终身。人生不能假设，如果让他多住几天，休息休息，或者去一下医院检查检查，也许不至于发生后来的事情。临走的时候，我给父亲几百元钱、一桶白酒和一条香烟，让他回去用。我们一同出门，我送孩子，他回老家，在院子门口我们分别了。直到今天我还奇怪，当我刚走出十几米回头看时父亲已不见了踪影，太快的消失速度，但我永远记得那一幕，父亲消瘦的身影，扛着扁担，一手扶在前面，一手拽着后面扁担上的绳子，大步地走了，消失了。

回去不到一周父亲猝死，那是农历八月十九，过完中秋的第四天。事后听邻居们讲，那天早上父亲起得特别早，掏过了灶膛里的锅灰，煮好了早饭，上了厕所，回到家里许是头晕趴在桌子上，等被人发现时他已经浑身抽搐，不省人事了。乡村医生进门时，父亲已病重不治，等我们得到消息从省城赶回，见到的已是冰凉的沉睡的父亲。

父亲一生只活了短短的 58 岁，身体一直看似健康，他有太多的理由、太多的资本可以活下去，却天不假寿。握着父亲的大手，我悲从中来，号啕大哭。看着父亲就这么孤孤单单地离去，那一种痛彻肺腑的痛和悔，不经历者难以体会。入殓的时候，很奇怪父亲的头发怎么理得那么清爽，原来前一天他特意去理的，晚上还到邻居家听了天气预报，预备安排第二天的农事。一切都这么看似正常，一切都来得这样突然，让所有人都毫无防备，只能用毫无用处的悔恨去抚慰自己。最痛苦的是母亲，送别父亲，母亲哭倒在坟前，我抱起母亲感到她已经身如鸿毛了。

父亲是 1959 年的老党员、老基层干部，他做了几十年的"鸡毛官"，一直兢兢业业，任劳任怨。他的安贫乐道和乐善好施为他在乡邻间赢得了很好的声誉，家里常常是宾客满座，有同事、领导也有亲朋故旧，家里仅有的一点好饭好菜都用来招待客人了。没有客人的时候，家里的日子过得十分清苦，常常是咸菜萝卜汤下饭。虽然困难，但父亲对教育孩子却从不吝啬，弟弟妹妹们都受到了程度不同的教育。我考大学的第一年遇到了挫折，病倒了，记得父亲那天扛着耕耙，准备下田的样子，站在门口对我大喊：再去读一年！要知道农家孩子多读一年书对一个六口之家是多么沉重的负担啊！

　　工作这么多年了，每每想起当时的那一幕，心里总涌起无限的温暖和刻骨铭心的感动。送我上大学的那一天，父亲一头挑着一只装满生活用品的箱子，一头挑着一床棉被，和我一起赶客车挤轮渡走大街，或许是为儿子自豪和高兴，一路上他脸上绽开的都是笑容和幸福，看不到丝毫的辛劳。之后我工作成家生孩子，父亲竭尽所能呵护着我们这个家，儿行千里衣食冷暖永远牵挂于怀。那时我们的条件不好，很难帮到父亲什么忙，但父亲从来没有要求我们做什么，我感到很惭愧。一直到数年后为了弟弟妹妹们能顺利地成家立业，父亲终于下决心重修住房，我才有了报答的机会，帮家里买了建房用的水泥和钢材。我们尽了一点孝心，父亲却感到长久的不安，跟我爱人说过多次等条件好了还我们的钱。父亲啊，你给我生命，恨不得把命都给我，我拿什么还你呢？生死相隔，我又怎么去还呢？

　　所幸我还有记忆，一桩桩一件件的小事，总萦绕在我心头，被我珍藏，历久弥新。梦里常常见到父亲，或者是在老屋的客厅里，或者是在门口的小径上，或者是和我面对面坐着，静静地，一言不发，像是一座雕像，一座沉重的冰凉的雕像，触摸不到，温暖不到，近在咫尺却又山高水远。

　　时间流逝，雨一直下，我回到家里，看暮色漫过高楼。夜深了，我打开窗户，任由这夜风梳理着纷繁而复杂的思绪。窗外春雨绵绵，如同我思念的泪水飘洒。墨西哥人相信亡灵会在亡灵节那天，踏过鲜花洒满的生死桥回到人间。他们相信，只要不被忘记，桥那边的亲人便会永在。我相信，我笃信，因为他一直都在我眼前心上，历历在目。

作者简介：

　　张步根，在《人民日报》《安徽日报》等报刊杂志发表散文、随笔、理论文章、新闻通讯稿近 500 篇。创作、主编了《图说巢湖湿地》《有趣的合肥地名（一）》《有趣的合肥地名（二）》《抚去历史的烟云》等 10 多部社会科学普及丛书。

掌心的温度

丁　玲

多年好友秋慧约了几个老友吃饭。因为前两年他们夫妻二人都调到南京，平时只是为了读高中的孩子偶尔回来，这次孩子考上了南京的大学后，回安庆的日子只怕更少。

像是一个彼此都不说破的仪式，她说这次吃饭也邀请了裴老师，我有点意外，又似乎觉得理应如此。

裴老师是我们小学的班主任，三年级时开始教我们语文，她不是安庆人，随从军的丈夫转到安庆来教书。我和秋慧当时是班干，学习都还不错，算是老师的"小助手"，所以跟老师很快就比较熟络。

但那个时候的"熟络"，不同于现在孩子的熟络——可以跟老师什么话都讲，表达情感也直接。对于裴老师，我又敬又怕，就算整天去老师办公室端本子、送作业，也不敢随便和老师多说一句，被老师夸一句会脸红，被批评一句会偷偷哭上半天，而"喜欢"这样的话，更是万万说不出口的。

有一次，班里的一个同学不知道怎么回事，一直没有来学校。那时候连固定电话也没有，更别说手机和微信了，裴老师问班里谁知道那位同学的家庭住址，想去她家看一看，我举了手。老师说，那我们上她家看一看。

正是冬天，我们一大一小在路上并排往同学家走着，彼此保持着不远不近的距离。裴老师一边走一边问我一些家里的情况，她问一句我就答一句。对于当时的我来说，在课外时间，跟老师一下子说这么多跟学习无关的话还是比较少见的。

也不知道是察觉了我的尴尬，还是觉得天太冷怕我冻着了，走着走着，裴老师很自然地牵起了我的手。"呦，你的手怎么这么冰，冷吗？"说着，攥紧了她的手掌，似乎想通过这种方式把温度传递给我。那一下，我浑身的寒意都被那从掌中传来的暖意驱走，心里突然感慨，难怪书上会把老师比作妈妈。

我早就忘记了后来我们是否找到了那位同学，也忘记了我们什么时候回到学校。也似乎快要忘记在我成绩下降时她紧锁的眉头，在我又名列前茅时她欣慰的笑容，却时常想起她那柔软而温柔的手掌和那掌心传来的温度。

当然，这个小小的瞬间，我并没有在饭桌上跟她提起。我把它藏在心里，算是我得到的一个不可说破的馈赠。

作者简介：

丁玲，在国内各类期刊发表文字近百万，多篇被《青年文摘》摘录。有作品入选《2002 中国网络文学精选》。《我的聊斋故事》《红爱情》《黑爱情》等多部书籍出版。2010 年由安徽文艺出版社出版长篇小说《婚姻那么长》。

最爱玉兰花

陈红艳

一片绿意盎然中，开出大轮白色花朵，株禾高大，神采奕奕。宛若满树玉碗，颤抖枝头；宛若雪涛云海，蔚为壮观；宛若天女散花，临风皎皎。随着芳郁飘逸，令人感受到一股难以言喻的气质，委实清新可人。

"如此高花白于雪，年年偏是斗风开。"

我最爱的玉兰花在最喜欢季节里摇曳开放了，温馨的心情随着玉兰花香慢慢渗入心底……为她的高雅所吸引，为她的雍容而感染，为她的不娇不媚、清新脱俗而深深感动。于是，一季的美丽与希冀缓缓在心头漾了开去。

妈妈在世时，每到这季花开就有份美丽的心情；可妈妈离世后，每到这季花开则心情无比沉重……

妈妈，名叫邢玉兰。

关于玉兰花，有一个美丽传说。很久很久以前，有分别叫红玉兰、白玉兰、黄玉兰的三姐妹。一天她们下山游玩时发现村子里冷水秋烟，一片死寂。三姐妹十分惊异，向村子里人询问后得知，原来秦始皇赶山填海，杀死了龙虾公主，从此，龙王爷就跟张家界成了仇家，龙王锁了盐库，不让张家界人吃盐，终于导致了瘟疫发生，死了好多人。三姐妹十分同情，决定帮大家讨盐。然而这又谈何容易。在遭到龙王多次拒绝以后，三姐妹只得从看守盐仓的蟹将军入手，用自己酿制的花香迷倒蟹将军，趁机将盐仓凿穿，把所有的盐都浸入海水。村子里的人得救了，三姐妹却被龙王变作花树……

后来人们为了纪念她们，就将那种花树称作"玉兰花"，而她们酿造的花香也变成了她们自己的特有香味。

玉兰花代表着报恩。

关于妈妈，也有个传奇人生。新中国成立后，做童工的妈妈才得以念书，她勤奋好学，连着跳级；她胆大热情，很快在学生中脱颖而出，成为佼佼的市学联主席、成为中共党员，报恩祖国、报恩党的培养。1953 年，还是中学生的妈妈被推选为安徽省第三届赴朝慰问团成员。她不顾个人安危，随祖国慰问团来到炮火纷飞的三八线上，把祖国人民的热爱和关怀，把欢快动听的黄梅戏带给祖国最可爱的人，以鼓舞志愿军战士斗志，为抗美援朝胜利做出了贡献。回国之后，她作了无数场报告，将那些感动她的又深深留在她记忆深处的动人故事传颂，她还发动所在念书的安庆女中（现是安庆第二中学）同学及安庆市学生给志愿军战士写慰问信。雪片样的信笺飞往三八线，激起志愿军战士对美丽祖国的憧憬、对祖国土地和亲人的强烈怀想，更激起志愿军战士为美丽祖国、为祖国亲人而坚战、而胜利的决心。

"此花爱逐东风暖，故人逸韵嵇中散。"春天的脚步刚刚走来，很多树还没有绿、花还不想开的时候，玉兰花却能不畏春寒、迎风绽放。而自尊坚守、从容淡泊，则是玉兰花始终坚持的境界。

我最爱玉兰花！玉兰的独特魅力，妈妈的传奇人生是我心中永远的亮丽风景！

作者简介：

陈红艳，高校高级教师。以散文、诗歌创作为主，已出版三部诗文集，有近千篇诗文散见于国内外报刊。

父的忌日我重生

马玉章

2020 年 12 月 27 日，周末，姑苏城万家灯火次第亮起的时候，我在洗手间猝然休克。晕厥前的那一刻，我忽然想起父亲。就在这天早上，我改变了去祭拜他的计划。

父亲去世于 2014 年 12 月 31 日傍晚 6 点。6 年后差不多的日子，我的生命之舟也差点搁浅。4 天之后，也就是 2020 年 12 月 31 日，我从从沉睡中醒来，亲人们莫不为生命的神秘惊叹不已。而我坐在无边无际的寂寞哀伤里，回忆着父亲，想象着我的重生与父亲祭日重合，是不是冥冥之中有着难以言说的因果？我终于闲下来了，大片的日夜浸染着我，我可以好好地回忆我的父亲。

父亲出生在 1935 年。这样的年月注定他将会经受太多的苦难，战乱，饥荒，失怙，他在贫困孤独中长大。所幸的是，他读过几年书，并且天性聪颖，学习能力极强，无论是天文地理，还是针灸推拿；无论是吹拉弹唱，还是琴棋书画，他都一学即会，一会即精。大家照拂他，他自己也争气。亲朋家红白喜事也都请他去记账、写囍对、写对联等，他都办得很好。他把自己经营成了当地的能人。不久，父亲当上了代课教师。

不久，父亲结婚了，并由过去的代课教师，变成了民办教师，又从民办教师转为公办教师，成为了当地为数不多的吃公家饭的人。之后，他育有两儿两女，并盖了三间住房，过上了衣食无忧、儿女双全、事业顺利的好日子，成了一个让人羡慕的人。但就在此时，母亲猝然离世，家里瞬间塌了半边天。无奈之下，父亲只好让大姐辍学，管理家务和几个弟弟妹妹。

为减轻姐姐的负担，父亲便每天上班都捎上我。父亲很忙，白天教小学，晚上教夜校，有时还带领大家唱样板戏。只有当大家都散去了，父亲才会吹那个长长的箫，吹得自己无语泪流。我呆呆地听着，似乎听得懂，那低沉的绵长音调，挠着我的心，挠得我鼻子酸。那凄楚的声音，至今还萦绕在我脑海里。

6 岁时，我们搬家了。我跟随父亲在京山人民公社中心小学读书。父亲在这里不仅负责教书，还负责学校的基建工作。在这里工作不到一年，父亲就到马庙小学当校长。

马庙小学当时没有校舍，教师由知青、代课老师组成，都是各教各的。当时马庙小学就有后马知青教学点、前马庙里教学点、桑树营村教学点、小高村教学点、小韩村教学点、上吉村教学点好多个教学点，每个点不到 20 个学生，我记得有一个学生读了 6 年的一年级，可想而知当时的教学质量。

父亲是唯一的公办教师。看到一盘散沙的教学环境，他上任第一件事就是修建校舍。在马庙大队和京山公社的支持下，很快建成了 5 间石头垒起来的房间，并在学校的四周挖了沟渠相围，一个崭新的校舍落成了。规章制度建起来了，规范的教学可以施行了，当年就有学生考取了中学。

这是父亲一生的骄傲。每每说到此事，他都会开心不已。而最能体会他心情的，当然是一直尾随着他的我。我是他生活的见证人，也是他一辈子荣誉和哀伤的在场者。我们父子的生命，一直紧紧相连。

由于建校的劳累和教学的压力，父亲得了严重的咽喉炎，不得不住院。术后，父亲不再教书，为了方便我们读书，他调到京山中学工作。随后，父亲又到京山乡政府、黄泥巴乡政府、总铺区教育小组从事教育行政工作。直到从督导员、小教高级的岗位上退休。

1995 年底父亲退休，卸下担子让他开心，但最让他开心的是弟弟的第二个孩子和我的孩子降生。他经常略带显摆地开玩笑：我们家一下有了三头猪（父亲和刚诞生的两个孙子都属猪）。这时候我由于工作的原因，离父亲较远，10多年的朝夕相处，让位于电话问候和年节时回家看看。

2008年，父亲病重，我赶到病房时，父亲已语言不清地交待后事："我可能不行了，你弟弟咋办呢？遗书放在抽屉里……"一直很坚强的父亲，无奈地流了眼泪。

这一次，父亲与死亡擦肩而过。在我们的强烈要求下，医生冒着很大的风险做了手术，手术成功了，但死亡并未忘记父亲。2013年9月底，他的病情再次反复，转到上海中山医院治疗。2014年，他的身体每况愈下，200多斤的身体只剩130多斤，几乎每月都会有救护车呼啸而来，载着他冲向医院急救室。2014年12月中旬，他再次住进了蚌埠医学院附属医院治疗，不久，病危通知书下达。散落四方的亲人们围拢到他的身边，他显得开心异常。

2014年12月29日，因为单位有重要军运任务，我要提前赶回苏州。31日下午，我接到他的电话，要我赶快回来并带我弟弟玉标一起回家。没有想到20分钟后，他就离开了我们，下午4点多钟赶到凤阳的家中，他的眼睛才慢慢闭上。他的生命永远定格在2014年12月31日18点。

很遗憾的是，在急救室的4天昏迷里，我的灵魂寄于何处，我一点记忆也无。是否在生命的轮回之地，父亲来过？是不是他以什么最重要的东西，换回了我的重生？是他的生命吗？如果可以，他定是愿意的。

就像我，我也愿意，为父亲，为最亲的人。

病友听后讶异，说，你父亲想你了，该去敬香了……

作者简介：

马玉章，先后在《人民日报》等报纸和《中国铁路文学》等杂志上发表文章1000多篇，其中撰写的《"46100"初显神威》荣获安徽省首届"创新杯"优秀广播节目三等奖，多部作品被拍成电视专题片。

"鹅" 司令

陈庆军

最近几年，我只要有空，就不管是晴天还是雨天，都会在傍晚时分，到姑溪河两岸的圩埂上走上一走，活动活动筋骨，以消除白天久坐带来的身体不适。走的多了，对圩埂两岸的花花草草、树木乃至天上的白云、西边的晚霞，就有些熟视无睹了。只管按自己的节奏，跑完定下的路程，然后一身轻松地回家。

可是有一天，天气不太好，乌云密布，空气中的水汽有些重，老大的风，一副将要下雨的样子。这样的天气，来圩埂上散步的人几乎不见了踪影，偶尔经过身旁的几辆小车，也像人一样，神色匆匆地一滑而过。

我虽然做了准备，带了雨伞，但这样的风，雨要是真的下来了，还是不容易护住，就不由得加快了脚步，最好在大雨到来之前，能完成这走一走的任务。就在此时，我看见了河滩上一大片白色，跃动的白，移动的白。我小跑近前，见着一群"嘎留""嘎留"的白鹅。

鹅好看，尤其在水上。雪白的羽毛，弯曲的脖子，红掌红喙，入画，也入诗。晚上的梦里，几只鹅一直"嘎留"着，红掌拨清波。

第二天傍晚，雨后天晴，空气格外清新，圩埂上散步的人多了起来。路旁的花草、树木鲜艳欲滴，这些我都没大在意，径直朝河滩走去，我要去看看那群鹅，那浮漾的白，那律动的曲线。

它们依然浮在水面上，曲项向天歌。一旁的圩埂上，站着一个黝黑的中年男子，面对着鹅群的方向呼唤：

"小鹅哎，小鹅，回家了，回家。"

这喊声就像魔咒一般，平静的鹅群立即骚动起来，纷纷从水中向岸边游来。更奇的是，鹅一上了岸，就伸开翅膀，不停地扇，并欢叫着朝那男子的方向奔去。

由于鹅的数量众多，又处在斜坡上，扇动的翅膀，上下翻飞，就像一片银色的波浪在眼前翻滚、移动。这个时候，场面就有些壮观了，一支鹅的大军迎面而来，浩浩荡荡，气势非凡。一到了主人的脚边，就停了下来，就像一波潮水依偎着沙滩。

鹅团团地围着他，一个个伸长了脖子，嘴中还不时地发出"昂、昂"的叫声。这"昂、昂"的叫声，或许就是它们的语言，彼此在呼唤，天晚了，快一点。或许是催促主人，快快发出回家的口令，早点儿回家。

我不由得转过头来，看了看身边的"鹅"司令。他中等身材，四十岁上下，上身穿一件花格子T恤衫，颜色衰败得就像刚从泥浆中捞出来的，下身的裤子也是黑乎乎的，分不清颜色了，脚下跶拉着一双拖鞋，一副敦实憨厚的样子。

他用什么方法搞定这一切的呢？手里什么也没拿，就连一根竹竿也没有，就这么简简单单地喊了一嗓子，众多的鹅就听了他的，簇拥到了他的身边。不用猜，他肯定是位养鹅老手。

"老板，养鹅很有经验嘛，是位老手了吧？"

"不呢，我今年是第一次养鹅，这还是头茬鹅呢。"

"头茬鹅？那你原来干什么的？"

"原来做瓦匠，现在腰不行了，只好回来养鹅了。"

"那你养得真是不错！"

"我还想养出品牌来呢！只是……只是，这是份辛苦活，特别是我老婆，整天忙死了。"

"我看你很悠闲嘛，怎么你老婆就忙死了？"

"这你就有所不知了，现在来买鹅的都是附近的村民。他们买过后，我老婆要帮其宰杀，退毛，开膛，忙就忙在这上面。我老婆的那一双手啊，被泡得白苍苍，过后就是红肿。可是，我养的鹅就是好卖，都知道散养的，不吃饲料。"

"鹅"司令在说话间，不经意地会露出农民特有的那份狡黠来。

"那你为什么不卖给饭店呢?"

"现在的饭店也是这样，要将鹅打理好。"

"你可以到某某饭店联系一下。那个饭店，食客多，可人手也多，也许就不要你宰杀好呢。"

"那不行，那是我师兄联系的饭店，无论如何我都不会去的。"

这话让我对这位"鹅"司令肃然起敬，在这个物欲横流的时代，居然还有人坚守着底线，实在是难能可贵。

"那你这批鹅卖完了，接着还再养?"

"第二批鹅，我已经在养了，这一批鹅卖完了，那批鹅就能移过来。"

是该回家的时候了，晚霞收尽，天色已晚，圩埂边的鹅"昂、昂"的叫个不休，焦躁得群头摇晃。

"鹅"司令拍了拍手，嘴里"嗬嗬"了两声，对着鹅说道:"回家，回家，回家了。"

那些焦躁不安的鹅，纷纷从斜坡蹿上埂面，跟在了"鹅"司令的后面，沿着圩埂的一边，迈着鹅步，欢快地排成了长长的队伍，整齐、威武。他身前是炊烟袅袅的村庄，他身后是喧喧闹闹的鹅群，更远处是河水茫茫，是苍山如海。他俨然是鹅司令，带领着它们走向夕烟苍茫的烟火。

作者简介:

陈庆军，本科学历，从事教研工作，出版长篇小说《天堂鸟》《荷叶地》等，在报刊发表小说和散文数篇。

窗外春鸟自在鸣

牛士中

以鸟鸣春。春天是从鸟鸣的暗换开始的。

我家楼前有条大道，两旁香樟蓊蓊郁郁，枝叶婆娑，密密层层。走在人行道上，仿佛穿行于森林，幽静，馨香。我和孩子固然喜欢，鸟儿更是以此为天堂。

楼后有很多树种。栾树，紫荆，桂树，还有红叶石楠，围护出一片静谧的空间，鸟儿常常在枝头蹦蹦跳跳，当然也成了鸟的游乐场。

西隅，是一个遍布绿植的小广场。有高高的银杏，盘曲的藤萝，树冠硕大的白榆，还有多种一年四季郁郁葱葱的灌木。石栏廊道交错，别有诗情画意。这样的地方，当然也引鸟来聚，知名儿的、不知名儿的鸟儿，盘桓逗留，流连忘返。

幽深清静的环境，冷暖适宜的夜色，睡梦舒缓而惬意，然而就在这舒缓而惬意的睡梦中，隐隐约约传来一声鸟鸣，犹如一缕幽幽花香轻轻沁入睡梦，"嗒嘀，嗒嘀，嗒嘀……"不远处有鸟儿应和着，"嘀溜，嘀溜，嘀溜……"不时，又有新的鸟鸣声加进来。鸟儿开起了音乐会，彼此唱和着。

我不禁被这春晨的情绪感染，睡意全无。看表，正是早晨5点，窗外月色迷蒙，晨光熹微，一泓清新凉爽伴随着鸟鸣声从窗间氤氲进来，心胸为之一朗。倾耳细听，楼后、窗前、西隅，清脆婉转，宛如一曲春天大合唱：

"唧啊，唧啊，唧啊……"

"唧，唧，唧，嘟啊，嘟啊……"

"呼哈，呼哈，呼哈……"

"嘟嘟嘟，嘟嘟嘟……"

"啾啾啾，啾啾啾……"

我听出此间有八声杜鹃的抑扬，有画眉的婉转，有八哥的清脆，有柳莺的细长清亮。它们不甘夜色寂寞，透过浓密暗淡的嫩叶黄芽，深情地凝视着微弱天光，呼唤着一个阳光普照、明亮灿烂的世界到来。

东方出现浅浅红晕，天色渐渐明亮起来，树冠上一泓暖色煞是可爱，而枝叶下依然是深沉的暗淡，深浅映衬，天光徘徊，鸟儿们更加兴奋了，耳畔飘荡着它们发自内心的自由快乐：

它们从浓密枝芽间飞出来，振动翅膀，弹跳脚趾，在枝头追逐打闹，枝叶间空气中颤动着它们欢悦的笑声。春天的晨光中，它们书写着春的诗情，歌唱着生命的奇异和辉煌，无忧无虑，优雅畅快……

我走出房间，来到浸润着几许清凉水汽的鸟鸣天地里。

春汽缭绕，浓郁而清新；光色熹微，纯净而宜人。晨光中，沉默了一冬的树木忽然绿了枝干，绽了嫩芽，将春的气息豪放地散满大地人间。我惊讶，春之脚步降临得竟是如此迅捷，春早来了。不是鸟鸣唤醒了春天，而是春天早早绿了鸟儿热爱阳光的歌喉。

绿荫匝地，鸟鸣在绿色线谱中回环跳荡。伴随着悦耳鸟鸣，我来到灵城环城河。环城河水天光云影，水藻青草相映，两岸红李挂满霜花，垂柳舒展秀发，冬青郁郁青青。在这幽静雅致的时空里，画眉、杜鹃、柳莺……它们激情地鸣叫着，热闹起来了，欢歌笑舞，灵璧这座千年古城就浸润在绿阴鸟鸣中了。

曾几何时，灵城护城河水乌黑腥臭，一座小城在死气沉沉中打发着时日，鸟儿难得一见，悦耳鸟鸣更是奢望。西南风飘来，汴河南岸巨大的垃圾场腾起的烟雾将小城裹紧，煎熬得人们喘不过气来。

经过治理之后，水清了，树绿了，鸟来了，一蓬蓬的鸟鸣，如清水洗尘，涤净了灵城的天空。

"花间春鸟语喈喈，道在其中动我怀"，听着这自然之音，我陷入沉思，大自然不仅是鸟儿的家园，也是人类生生不息的源泉，人与鸟，都是大自然的孩子，只是我们已退化了翅膀。

如果是一只鸟多好。

如果是一只善鸣的鸟多好。

作者简介：

牛士中，硕士，宿州作家协会会员，安徽省散文随笔协会会员，中国散文家协会会员等，灵璧县作家协会副主席兼秘书长，政协灵璧历史文化研究会秘书长，《宿州文艺》副主编，《灵璧文史》编委。在《中国劳动保障报》《华东理工大学学报》等发表论文数十篇，在《江淮时报》《今古传奇》等刊、网络发表文字300余篇（首），参与编写地方文化论著4部。

父亲的话

查君书

　　我家门前土稻床（也叫打谷场）边上有一株桃树，桃树下边是两块地的马铃薯，马铃薯前边是两畦韭菜，韭菜下边才是种稻子的水田。

　　我 6 岁那年，父亲在山地里捡回一株弱小的桃树苗，栽在土稻床边上。当时么叔一见就笑父亲，说这能栽活就谢天谢地了，可别指望能摘多少桃子。父亲倒是没生气，边栽边说他等着吃桃子就是了。父亲要我跟桃树比，看谁长得快。

　　5 年后的一个星期天，天刚放亮我就起了床，去村前的池塘边割了一篮子牛草回家。父亲看了看牛草，又提着篮子掂了掂，满意地看了我一眼。我心里美滋滋的。

　　吃过早饭，父亲望一眼从山后升起的太阳，扛上锄头，叫我跟他一块下地，给庄稼锄草去。我响亮地应答着，挑了一把轻便的锄头，欣然同往。

　　在桃树下，牵着老水牛，扛着犁的么叔和我们碰面了。么叔仰望着簇簇桃花，说这树也怪，就知道报答似的，桃子不仅结得多，还个大，又甜又脆，总那么好吃，还好看。父亲慈爱地摸了摸树干，抬头深情地看了看桃花，说世间什么都是知道好歹的，哪怕是一条狗或是一棵草，只要你待它好，它就不会亏待你。么叔眨眨眼睛，点了点头。老水牛低头闻了闻地上零星的桃花花瓣，兴奋地"哞"了一声，奋蹄往水田去了。

庄稼苗长半尺多高了。微风吹拂，绿里透青的叶子闪耀着光亮。我蹲在地里，静静地听着，分明听到了茎脉在跳动，叶脉在流淌，静静地看着，仿佛看到了茎干在抽节，叶片在扩张，静静地闻着，真切地闻到了生长的气息，成长的味道。

见地里没什么杂草，我说这地干干净净，不用锄，不如去干点别的。父亲说那不行，哪怕是没一根草也得锄地，因为锄地不只是清除杂草，不让杂草抢吃庄稼的肥力，也是要松松土，让庄稼能更好地呼吸，还是为明天的施肥做准备，让旱芋好吸收。

小晌午了，地已锄了一大半了。父亲将锄头把枕在地边的石块上，坐下，边扯着衣襟扇风，边叫我也过去歇息一会儿。我忐忑着过去了，在锄头把的另一端坐下。父亲一会儿问我上周考得怎样，一会儿问我老师教了什么，我都回答得简短，声音又小。父亲似乎看出了什么，问我怎么老低着头。我脸一热，假装看着自己手上的两个小水泡，又吹了吹，说没什么。父亲起身往我锄草的那边走去。我木然坐在原地，望着父亲的背影，做着挨骂的心理准备。

果然父亲朝我招手了。我硬着头皮走了过去。父亲指着一棵耷拉着的旱芋，厉声问我是怎么回事。我怯怯地说是自己不小心，把旱芋锄了，怕骂，又把锄了的旱芋苗栽上，想蒙混过去。父亲骂了我几句，扬起了手。上来歇息的么叔边跑过来，边说不就是锄了一棵旱芋，用不着生这么大的气。父亲放下手，说他来气的不只是我锄坏了旱芋，是我锄坏了旱芋不告诉他，还把锄了旱芋苗栽在地里，这是哄骗地皮，也是蒙他，做人不诚实，就该骂，就该打。么叔拉着父亲的手，说走，抽烟去。父亲甩脱么叔的手，蹲下，拿开旱芋苗，扒开土，刨出一个小手指大的旱芋，放在手心里，边端详边说，你看看，多可惜，要是不给锄了，再过一个多月，那它就会有鹅蛋那么大了，这棵旱芋到时候怎么也会挖好几斤呢。他一声叹息，瞪我一眼，说好端端的一棵旱芋，就这么给我锄了，真是造孽。么叔不断地朝我使眼色。我低着头，垂着手，认了错。

父亲和么叔并肩坐在锄头把上，边说边吸着各自的香烟。我站在么叔旁边，看几眼油菜花，望了望在田埂前吃着草的老水牛，目光落在了云霞般的那树桃花上。

么叔鼻孔冒出一串烟圈，朝我一笑，亮了一下吸了半截的烟头，问我来一口不。我瞟一眼父亲，摇摇头，说不要。父亲笑了一下，虽然笑得浅，但笑得真。我心里一下轻松了许多。么叔指了指油菜，说那两块田油菜，现在远看花都开得繁盛，似乎没什么差别，可走近了一看，那西边的就比东边的开得更热闹了，到时候西边的油菜籽也会比东边的更饱满。父亲望着油菜，说差别就在么叔的那畦底肥少下了十担。么叔点点头，说他种了这么多年的地了，一直在跟着父亲学，可许多东西就是学不到，种的庄稼总比父亲的差那么一点，很少有超过父亲的。父亲笑了，笑得眼睛都湿润了。么叔和我都跟着笑了。

父亲扔了烟头，抹了抹眼睛，站了起来，望着田野，说土地是最讲情义的，也是最懂情义的，只要你不骗田地，田地就不会哄你，但如果你要骗田地，舍不得花工夫，舍不得下肥料，那田地就会哄骗你的肚皮，让你饿肚子。庄稼人就得实诚，"你骗田地一时，田地误你一季"。我默默地走进了地里，边认真锄草边细细琢磨起父亲的话来。

"你骗田地一时，田地误你一季"，之后的岁月，这话父亲还多次跟我说过。我每每琢磨，都会有新的领悟、新的收获，让我受益一辈子。

是啊，种田地是如此，做人做事又何尝不是这样呢！

作者简介：

查君书，男，芜湖市人，高级教师，在省市报刊发表教育论文、文学作品若干。

山之南，我那遥远的故乡

洪建科

雨水过后，一场又一场的桃花雨，让土地滋润，万物丰沛。山野里青草蓬蓬，离离茂密，野花杂生，星星点点。山之南，群山巍巍，万木峥嵘，刻印在我生命谱系里的那些草木和人事，也在春风里苏醒。

山之南，路崎岖，我在春风浩荡的山野寻寻觅觅。竹林窸窣，竹笋破土，竹叶潇潇。山之南，杉木挺立，密密匝匝，如写在蓝天下的诗行，该有怎样的情怀，才能配得上这样的如椽巨笔？

那是20世纪80年代，消灭荒山、植树造林的号角吹响在长江之畔、淮河之滨。天不亮，村庄就躁动起来，炊烟弥漫，人语欢腾，狗也莫名叫得起劲。镢头已经磨亮，等待将梦想种入肥沃的土地。虎口震裂了，鲜血淋漓，结痂了，覆盖成厚厚的老茧，无人叫苦。整整一个冬天，莽莽大山，一拨拨的人，人在山中，山在雾中，雾从翻开的土壤里升起。板结的土壤松动了，一堆堆乱石被撬起来，沉睡了千万年的山活了。一棵棵杉木苗种下去了，在一场场春雨的滋润下，一天天蓬勃起来，不到三五年工夫，一座光秃秃的大山，就神奇地披上了绿油油的衣衫。

逝者如斯夫，恒者如斯夫。勇气和信心留驻在具象的时间里。我沿着幽静的林中小道，仰望这些高大的杉木林。阳光斑驳、嫩绿，洒向湿漉漉的草丛与毛茸茸的苔藓。不时有几只画眉，飞来飞去，鸣来山更幽，悠远如梦。

山之南，有一片黑魆魆的马尾松林，是村庄血与火的记忆。它是屏障，新四军和江北地下党组织以此为掩护，打日寇，除汉奸，与敌人斗智斗勇，开辟了皖江抗日根据地；它是村庄的魂，是梦想的守护神。直到今天，老一辈人还清晰地记得 1992 年那一场来势汹汹的山火。老支书洪喜才带领几百名村民，用树枝、镰刀等最原始的扑火工具，硬是坚守了一天一夜，守住了这一片千亩林海。这片林海，是这位老军人的命，是村人的命，万金不易。

林子在，村庄的底色就在，生命的血脉就在。

山之南，有一片宁静的湖水，说是湖，其实是一座小型水库。山是青山，水是绿水，如翡似翠，照以蓝天白云，衬有野鸭扑棱，水面淼淼，涟漪圈圈。到了谷雨时节，秧苗落土，白鹭云集，竹林上空，杂木林层层叠叠的树冠上，满是密密麻麻的白鹭，它们"嘎吱、嘎吱、嘎吱"的呼唤，令人梦魂牵绕。

60 多年前，这里水源无保障，常常颗粒无收，饥饿和贫穷，折磨着子子代代的山里人。1958 年，山里人响应时代的号召，大兴水利。在那异常艰苦的岁月里，他们顶着粗粝的寒风，勒紧裤腰带，肩挑人抬，号子声响彻幽谷。这片荒木丛生的山旮旯里，高峡出平湖，一座小型水库就此诞生，彻底解决了生产、生活用水的困难。进入 21 世纪以后，政府加大了水利等基础设施投入，对水库大坝实施整治加固，称得上固若金汤，抗旱防洪能力大大提升，并以此为优势和依托，发展生态旅游业，山民们无忧无虑，安居乐业，日子一天比一天红火。

"这几年，我们村的农家乐、民宿是越开越多，有些户子，年收入可达 20 多万哩，这在过去是想也不敢想的事啊！"说到保护绿色生态、发展乡村旅游带来的好处，这个有着一副黑红脸膛、身板硬朗的农村致富带头人、现任村支部书记洪定邦，那是眉飞色舞，滔滔不绝，笑得合不拢嘴，俨然一个无遮无拦的大孩子。

……

山之南，一片生机勃勃的热土。

山之南，我那遥远的故乡。

作者简介：

　　洪建科，笔名秋石，安徽无为人，中国诗歌学会、安徽省作家协会会员。作品发于《诗刊》《人民日报（海外版）》《中国文艺家》《椰城》《青海湖》《奔流》《鸭绿江》《散文诗世界》《作家天地》《青年文学家》等报刊，获"华夏情"全国诗书画大赛二等奖，第二届"王亚平杯"海内外诗歌大赛二等奖，全国第二届郦道元山水文学奖二等奖，《诗歌月刊》"校园杯"全国诗歌大赛三等奖，第四届广西网络文学大赛三等奖，第二届全国乡土诗歌大赛优秀奖等30余次。

母 亲

章　健

那一年，母亲下放到农村，从一位教师瞬间变成了一位农民。

那年，我只有 6 岁，二弟 4 岁，小弟 1 岁。父亲被派到鲁港乡搞路线教育，在那里长年累月地蹲点，他忙于工作，根本顾不上我们。母亲带着 3 个孩子来到了外婆所在的高安乡高桥大队。这是 3 间小瓦房，在长江大堤下。

在村里，母亲和农民一样，日出而作，日落而息，农忙的时候面朝黄土背朝天，不日不夜。辛苦的田间劳动，使她的手变得如锉刀一般粗糙。

那年冬天，我为三弟洗尿布，不小心滑下塘去。我拼命地在水里挣扎，就在危急关头，母亲飞奔而来。她折下树枝伸到我手边，大声叫我抓住树枝将我拉上岸。因用力过猛，她重重地摔倒在地，手臂骨折，肿得像馒头一样。

那时候日子过得捉襟见肘，饭菜且不够，哪里有钱看病？母亲便带着受伤的手，自己采了药，拿树皮将手臂夹紧，用三角巾吊在胸前，一如既往地撒网捕鱼捕虾、寻野菜、砍柴火，补贴家用。即便是下雨天，母亲也未闲着，除了写上访材料外，她还教我写字、读拼音、背诗词，教我一些简单的为人处世道理。

几年艰辛之后，母亲被分配到县医院财务科。白天她忙于工作，下班后，家务事都由她承担，一家人的吃喝拉撒落在她的肩上。那时，烧火做饭都是用煤球，为了省钱，她用板车拖煤，煤球是她自己做，当然，水也是自己挑。

在那物资匮乏的"票证时代"，尽管家里日子过得不宽裕，母亲总变着花样改善生活。她蒸菜包子、做馒头、擀小刀面、煎南瓜饼等，她想尽办法让我们吃饱。她裁布做衣，她执针做鞋，想办法让我们穿好。她看紧护紧，严管读书，想办法让我们学好。她把担子都挑在自己肩上，夜深过半，她忙碌的影子依然在屋里移动。

我们终于长大，母亲终于可以松口气了。那年，我和二弟当兵退伍后，政府安排了工作。母亲为了三弟有一份工作，在48岁时办了内退，让三弟顶了她的职。她做了家庭主妇，每天围着灶台而忙碌，只见她从早到晚像陀螺一样转个不停。

母亲长相清秀，是个善良、宽容的人。每次遇到有人乞讨，她毫不犹豫地给钱给物，有人上门讨饭，从未让人空手而归。犹记得有个远房亲戚，他带妻子来医院看病，母亲为他们跑前跑后，倒茶斟酒，夫妻俩吃得不忍释筷。母亲把房间让给他们睡，天没亮，他们悄悄地走了，抽屉里30多元钱不翼而飞。母亲痛心不已，那是全家人一个月的生活费。她泪流满面地说："算了，他们可能遇到困难了。"

2000年6月20日，父亲因病去世，享年64岁。母亲遭遇突如其来的打击，一夜间头发变成了花白，由于伤心过度不慎摔倒，将胳膊摔成骨折。

医生看着X光片说："如果不手术的话可能会骨坏死，搞不好要截肢。"可母亲怕给我们添麻烦，无论我们怎么劝她，她就是不肯开刀。我们无奈，只好听她的。她一只胳膊打了石膏，用另一只胳膊勉强做事。我们兄弟说好轮流照顾她，她说："我没事，你们都有家庭，都很忙，快回去吧。"她执意让我们走，不想成为我们的累赘。

母亲是个要强的人，只要还能行动自如，她都自食其力。

母亲生活节俭，没戴过金银首饰，也没穿过贵的衣服，剩菜剩饭舍不得扔总是自己吃。但她将每月的退休金大部分积攒下来，我们哪个有经济上的困难，她就拿出一些救急。

20 年很快过去了。母亲老了，她的两腿像灌了铅一样沉，挪不开步子。我们要送她去就医，她不去。她说："我老了，生老病死是自然规律。医病不医老，顺其自然吧！"

我扶母亲去院子里晒太阳，看看花草，透透气。她艰难地移动着细碎步子，气喘吁吁。我搀扶着她，感受到她无助的颤抖。她的肌肉已经无力，她失去了对自己身体的掌控，她不再自信，她应对这个世界所积累的经验，因为身体的衰老而失去了意义。

我扶母亲坐到沙发上，看到她手臂骨凸起，不禁想起儿时落水的那一幕。如今这落下病根的手臂，已成为母亲准确的"天气预报"。手臂错位骨折，导致畸形愈合的母亲，是怎样度过那些兵荒马乱的岁月的？我无法想象。

难以言说的伤感从我心底涌起，酸楚满溢。

作者简介：

章健，著有长篇小说《天长地久》由江苏凤凰文艺出版社出版，在省级报刊发表中短篇小说《遇上你是我的缘》《伤痛》《有一种爱叫放手》《闯荡》。

寻找梅子

金茂举

　　从省城到故乡，也就两个小时车程。平时忙于公司事务，无暇顾及早已明媚的春光。车速将窗外的绿野黄花拉成一匹匹锦缎，而英子的心早已飞到了 35 年前的青葱岁月。30 多年没见了，发藏白雪，脸有微霜，不知道同学们过得怎样？梅子呢？她会不会来？

　　母校的变化翻天覆地，阔别 35 年的同学们，无人能站在时间的河岸上，曾经的青葱皆换成了沧桑，但记忆如茶，一粒芽尖便可泡出一杯春色。带着疑问的口气喊出对方的名字，对方的犹疑便在刹那间舒展成欢喜，在一应一对间，记忆的闸门打开，往事决堤：谁和谁沿着洒满月光的操场散过步，谁和谁一起尾随过某个漂亮的女生，谁和谁晚上一起翻过墙头，到校园外偷过菜农的黄瓜吃……

　　"梅子你们还联系吗？"班长悄悄问英子。英子知道，那时候班长就暗恋一头长发的梅子，梅子也该是知晓的。她本想在班长处得到一点消息的，没想到竟会如此。如果他们都不再联系，那么英子真的很难寻到了。

　　梅子与英子同桌同寝室，日夜相伴，无话不谈，似乎一辈子都要如此一般。但时间残酷，毕业考试后，她们也只能如一般同学那般，在彼此的毕业纪念册上互留祝福和回忆之后，就各自走向自己的人生苍茫处了。

　　英子嫁了个军人，两人承包了一个国有面粉厂。诸事顺利，挣了很大的家业。梅子高中毕业后，在省城医院一位亲戚的安排下进了卫校学医，毕业后成为一名白衣天使，并同时收获了爱情。男友家在边远的青海，梅子追随爱情，远嫁西部。

她们的友谊没有因为天各一方而阻隔。她们写信、打传呼机、打电话到后来通过电脑网络连 QQ，她们的联系在彼此的生命里。直到那年夏天。

那个晚上，英子刚登录 QQ，久候的信息便迫不及待地跳了出来：

"在吗，英子？"

"有急事找你！"

"我需要 5000 元！"

当年的 5000 元不是个小数目，英子马上拨了梅子的电话。电话通了，梅子说，她刚开了卫生室，需要添置药品。

"3 个月，我一定还给你！"

梅子在电话里郑重地对英子说。

挂了电话，英子和丈夫商量后，第二天便去邮局给梅子汇了5000 元。

钱汇出去的前 3 个月，梅子和英子还像往常一样在 QQ 上聊天。3 个月之后，她们的聊天频率明显减少了。不知什么时候，英子就很少见到梅子在 QQ 上出现了。因为敏感，英子不好问她的情况，便尽量少留言。一年后，英子望着梅子已经黑了很久的 QQ 头像，忍不住拨起了梅子的电话。电话里却传来："您拨打的电话已停机！"从此，两人彻底失去了联系。

算来，与梅子失联已经整整 18 年了。

热闹的同学聚会上，只有英子因为梅子的缺席而郁郁寡欢。她翻开会务组特意制作的通讯录，找到了梅子的名字。对应那名字的，有地址，也有电话号码。班长见英子的手指点在梅子的名字上，便说，地址不知是否准确，电话是打不通的。

聚会结束后，英子失落地回到家，细心的丈夫知道梅子定然情况不妙，便温存说道："我陪你去青海看看吧！就顺着地址找过去，找到最好，找不着，就当旅行吧!"英子看向丈夫，他是个好男人。他们不富裕时，消失的梅子都没有让他说过一句怨言，如今5000元对他们来说早已不会在意，但时间却极其宝贵，他却愿意陪她去找一个看似无关紧要的人。这份情，值得她一辈子珍惜。

他们踏上了去青海的旅程。几经转车后来到了祁连山区的一个村庄，通过手机导航与询问路人，终于找到了一个农家小院。推开小院的门，干干净净的院子里一位身穿藏服的中年妇女露出疑惑的表情。

"梅子!"

英子奔过去，将她紧紧地拥着。四目相对的目光里，泪光潸然……

梅子的讲述在酥油茶的香气中缓缓打开。当年，她随丈夫回到这里，看到村卫生室内，除了一块漫漶的"为人民服务"牌匾之外，屋徒四壁。村民看病至少要翻40里山路，哪怕只买几片退烧药，也要翻山越岭，他们便想好好经营这个卫生室。但乡亲们太穷了，大部分人交不起药费，所以他们当医生，就等于是做慈善，一年到头，等于义务给村民治病，并不能赚下多少钱。这样的生活，梅子并不觉得苦，她育有一儿一女，一家四口厮守着，倒也其乐融融。只是，这样的日子，最终还是被搁浅在命运的滩头。那天傍晚，后山一户人家来电话，说家人冠心病人发作了。梅子的丈夫挂了电话，背起药箱就朝后山跑。梅子在他身后喊："不要走老虎崖，从西山绕道!"

梅子等到半夜，也没把人等回来。手机在山里经常是没有信号的，他的手机一直打不通。最后，梅子等急了，打电话到病人家里去询问，对方说，医生早就回去了。梅子怕了，喊了两个邻居，拿着探照灯，疯了一般朝老虎崖跑去……在老虎崖，任凭梅子哭哑了嗓子，崖下的人也唤不醒了。

听到这里，英子紧紧地抱着梅子，哭成一团。梅子说："钱是那之前借的，本来孩他爸打算去进药的。谁知道，就出了这个事，借你的钱，我没有忘，但……"

几天后，送走英子夫妇的梅子，在铺上发现了一张折叠起来的纸包，打开一看，纸里除了自己先还的 2000 元外，还包着一张银行卡，纸上写着："梅，你受苦了！这些年找不到你，我失魂落魄。卡的密码是 π 前 6 位数，当年，我们一起背过的，你一定像我一样还没有忘记吧！不要说谢谢，不要有负担，这次寻找，我得到了很多。"

大颗大颗的泪珠划过梅子瘦削的脸颊。

作者简介：

金茂举，淮南图片网特邀撰稿人，寿县作协副秘书长，寿州文艺副主编。作品多次入选省内外纸媒、网络平台。

父亲的清明

王朝明

　　每年清明，我们兄弟姐妹几个都会尽最大可能赶回老家，祭祖，也看望健在的父辈、祖辈。

　　从记事时起，我就跟着父亲去祭拜。庐江西北乡比较注重清明和大年三十的祭祖，有的地方冬至也很讲究。那年月大家都穷，子女多的农家更是。四月是麦苗青青油菜金黄的季节，也是我们家吃了上顿没下顿的青黄不接的季节；即使这样，父亲也会提早用夹网去捕点小鱼或备点鸡蛋卖只鸡鸭换点钱，买上厚厚的一拎草纸。村子里有个檀木做成的刻有铜钱花纹的模具，家家可以借用，清明的前一两天晚上，父亲会把草纸摆开驯好，用斧头敲击模具，让每张纸上都有铜钱一般的烙印。做完之后父亲都会轻松地吸上一口烟，好似印钞公司经理看到白白的纸币上全部喷墨防伪，马上就要流通似的。

　　上坟也是有讲究的。父亲不识字，爷爷在他几岁的时候就去世了，父亲肯定没读过古训中"祖宗虽远，祭祀不可不诚；子孙虽愚，诗书不可不读"，但他还是会要求孩子们洗洗手，整整衣衫，然后郑重其事地来到墓园。先是铲除薯树蒿子荆棘什么的，再给坟头挖个土帽，土帽上插个枝条挂个招魂幡，祖宗们大概此时受到指引，也就魂兮归来了。人要讲规矩，鬼也要讲秩序。父亲会为每一份纸钱画一个圆圈，防止插队和哄抢。这时候再燃起鞭炮，招呼先人来收钱，黄表纸化为红红火苗和缕缕青烟，似乎祖先们已然来临。此时我们会跟着父亲三拜九叩，口中念念有词，大意是缅怀先人们的养育之恩和艰苦奋斗，再就是祈求他们护佑子孙平安顺利福泽绵长。最后是表达后生晚辈奋发努力光宗耀祖的愿望和决心。到这儿大致礼成。

接受祭拜的一般有上三代，如过世的父母亲、祖父母、曾祖，其上的笼统以"列祖列宗"的名义合在一起。在墓园的偏侧，也可为归天的岳父母、姑舅父等旁系亲属致祭。印象深刻的是，父亲每次都会在最后留上一份纸钱，烧给那些不知姓名无亲无故的，我不解，父亲说，这叫"斋孤"，天下有许多漂泊无依没有后代的孤魂野鬼，给他们也烧点吧，让这些可怜的魂灵早日托生也有用度，并保佑四方平安吧。后来我想，这也是目不识丁的父亲与满腹经纶的士大夫们不谋而合的"兼济天下"的情怀吧？

父亲过世已三十多载，他在清明时节的言行一直被我效仿着。也是有增减的，如檀木印模现在就不用了，冥器连手机电视都逼真，美元英镑都有，黄表纸上也印满了与钱币相关的花纹。增加的如供果、花束还有酒。父亲爱酒，常醉，醉了就脸色开朗。可惜那年月没钱买酒，所以在印象里，他总是很严肃乃至严厉。我十岁左右，有一段时间特别希望有一个乒乓球，但没钱也是干瞪眼。有天家里来了贵客，父亲让我拎个大盐水瓶，去街上买二斤烧酒。这次我一下买了两只小球，因为我只买了一斤半白酒，在马槽河边偷偷加了半斤清水。席上父亲与客人一边品酒一边大骂供销社卖酒的不地道，我正一旁拍着小球偷偷发笑。这也成了我后来心中的一个遗憾。

我上班没多久，父亲的身体就不行了。"子欲养而亲不待"，当儿子有能力买酒之际，不能敬奉在口，只能洒在坟头了。我是一个出息不大的人，只在四十多岁才随旅行团去过一趟北京。除了游览风景名胜，就是跑到王府井百货公司买了两瓶最地道的北京二锅头，分别在当年的除夕和第二年的清明敬奉在父亲碑前，我要用首都最大超市的正品名酒（虽然价低）来补偿当年的半斤清水，也要告慰在天的父亲。

记忆中，村子里几十个同龄小孩，我顽劣异常，是被家长责罚最多的一个。在十五岁前后的几年里，如果让我选最不喜欢的人，首先我会想起常常皱着眉头不开笑脸的父亲。直到他六十出头卧病在床再入土为安，我突然间会冒出天要塌下来的念头，失声痛哭，我这才明白他对于我人生的重要。在每一个清明时节，都会把他曾经怀念爷爷奶奶的程序再恭恭敬敬地做一遍。此时才真正明白，我心底里一直对父亲都是敬畏、依赖并深深爱着的。我考上高中，发表文章乃至被招为农技员，听说他私下都得意过，这说明父亲是以我为骄傲的，只是他用的是另一种方式。

　　有一年做清明的时候，我忽然有了陈子昂的思古之幽，写过这样两句："昭君出塞的关口与苏武牧羊的归驿，走的同一条道路吗？泰山封禅的玄宗与清明上坟的父亲，拜的是同一片天地吗？"百年之后，我也将沉睡于地下，时间如斯夫，空间呢？或者，空间也是时间里的空间吧？时间一旦消失，空间也将因无所依托而粉碎吗？或许是的。那么，且珍惜当下，珍惜生命里的每一个人，好好活着，好好在一起。如此，祭祀才有意义：祭祀，岂非就是延续爱和提醒爱的吗？

作者简介：

　　王朝明，农技人员，作品主要刊发于20世纪80年代初中期，在《安徽文学》《江淮文艺》《安徽青年报》《巢湖文艺》等报刊发表诗歌、散文近百首（篇）。

生命的颜色

段香转

　　不知从何时起，我习惯了忙碌，把自己活成了只顾着低头走路的状态。伤春悲秋的愁绪，云白天蓝的调调，我已弃置很久。

　　去"儿童福利院"时，季节已近小满。我远远地看到了东大门，却没有立即走进去。福利院南边是广阔的田野，那里是一碧万顷的麦子，亿万支麦芒蘸着阳光，齐齐向上。小满未满，这些就要成熟的小麦，正在用最自信的眼光凝望天空。靠路边的麦子已显微黄，田畴中间的依然青绿，它们还在等待更多的雨水和阳光。白蝴蝶绕在青色的麦头，起着翩翩的舞。

　　真好！这绿，这黄，这白。

　　福利院里的颜色也并不单调。大红的月季一朵又一朵的，或聚拢或分散地挂在厚绿的叶丛中。几株香樟树蓊郁馥郁，鸟儿跳跃枝头，发出轻快的歌声，逗引得那一团团实质化的绿影，在庭院中摇曳不住。

　　还有粉，还有红。

　　工作人员穿着统一的粉色衣服，用微笑迎接我们的到来。走廊长长的，我仿佛置身在童话般的世界里。墙壁和地板是和谐的暖色调，教室里有老师正带着几个孩子画画，学生的年龄参差不齐，几个大一些的孩子都穿着红色的运动装，一个两三岁的女孩穿着玫瑰红的裙子。他们多是孤儿和弃婴，但季节并未忘记这里，他们的脸上流光溢彩。

我站在一个孩子的后面，看他们在画纸上顺着线条涂颜色。对于一个孩子来说，把颜色涂均匀并能做到不让涂色出线其实是一件很不容易的事情，而这些有缺陷的孩子却能把它做得很好，画纸上的动物或者植物都因为有了颜色的祝福，而获得了生命。

　　一个男孩拍了一下我的手臂，他拿起手里正在涂色的一棵大树让我看，我俯下身子，轻轻对他说，"好棒啊！暖黄色的树干，是我见过的最好看的树干！"男孩转回头去，我看到他嘴角上扬，露出可爱的微笑，想起刚才在院里遇到的翘起嘴巴盛开的石榴花儿，真的是一个模子里的气质，小孩子已经完全融入这个大家庭了。他的上眼皮缓缓下拉，黑色的眼珠慢慢变小，他又低头涂起颜色来。

　　母亲节才过不久，走廊上展放着不少礼物，或是书信，或是卡片。虽然简单，但艰难而认真的一笔一画，透露着孩子们的真诚和感恩。那些稚嫩又动人的图画和话语，很让人感动。

　　孩子们的宿舍宽敞明亮，整洁有序。随手打开一个衣柜，里面的衣服摆放得非常整齐，这大概是一个大男孩的衣柜。我为师多年，知道大孩子其实挺在意自己的穿着了，便问管理员蔡妈妈，孩子们可以选择自己喜欢的服装吗？蔡妈妈笑答："当然可以的，他们可以自己选择衣服的款式和颜色，我们再帮他们买。有时候，我们要去学校给孩子们开家长会或者给孩子送东西的时候，也会换下工作服，穿上平常的衣服的，为的就是不让孩子的心里有顾虑，怕孩子在学校里受到异样的眼光。"听到这些，我禁不住地又看了几眼粉色的衣服，整洁大方的长裙穿在她们的身上没有一点违和感，衣服和微笑相映衬着，我看到了一个又一个高大的妈妈形象。

　　串珠是这里的孩子比较喜欢的一个活动，在作品展示柜里，有爱心盒，小球球，带吊穗的各种挂饰，各种颜色搭配在一起，很是艳丽。这些孩子该是怀着怎样的心情去做这些手工的呢？倘若没有爱，那些颜色，红的，黄的，绿的，白的……相互配合在一起不会那么的和谐。他们没有了血缘上最亲的人，却在这里收获了人间大爱，这些妈妈们在为他们操劳，他们一颗颗脆弱的心灵得到了呵护。

他们获得了爱，感受着生命的美好，便在心里种下了爱和美好的种子，并在心底生根，发芽，开出绚烂的花儿，给世界送去色彩。

我仿佛明白了这些孩子的微笑为什么这么真诚，明白了他们没有了亲人为什么还要努力成长。在这里，生命里的每一个颜色都不曾缺席，孩子们要把这些刻满爱的颜色铭记于心，并四散开来。

生命的颜色，原来是爱的颜色啊！

作者简介：

段香转，"80 后"，高中语文教师，任教于安徽省宿州市第二中学。在《安徽文学》《清明》《艺术界·儿童文艺》《国家湿地》《学生·家长·社会》《少年时代》等报刊发表作品若干。

烈士史逸

高 斌

在广州市银河革命公墓，长眠着一位从史家湾走出去的革命烈士——广州起义的参与者史逸。

光绪十七年（1891年），史逸出生在史家湾一个大户人家，谱名硕丽，名天山，字稚舟，号青崖，在兄弟中派行老三。他的父亲历任过山东高密、即墨等县知县，两个哥哥分别比他大十四岁和七岁，史氏家谱记载，大哥史书青毕业于京师大学堂，曾在湖北各府县为官，二哥史仲卿为世袭云骑尉。史逸从小浸染书香，饱读诗书，虽大一辈于史尚宽，却也只稍长几岁，从小一起读书、一起成长在这个文化氛围浓厚的水滨小村庄。

光绪二十八年（1902年），京师大学堂总教习、乡贤吴汝纶从日本考察归来，史逸的族门兄长史恕卿协助吴汝纶先生创办了桐城学堂。史逸在这里度过了美好的少年时代，之后在兄长的建议下，进入桐城中学接受新式教育。"勉成国器"的校训，让桐城学堂成了晚清时期革命教育的策源地，史逸便在这里孕育了最初的思想。

1911年，武昌起义胜利以后，安庆随后独立。但国内革命形势更加严峻，族兄史恕卿在省内，一面配合孙中山先生组织"中华革命党"进行民主革命活动，一面组织进步青年出国深造，"寓革命于教育，寓教育于革命"，寻找救国之道，担任留日学生监督处经理。

1914 年，史逸在兄长史恕卿的安排下留学日本，随后在日本千叶医科大学攻读药物学。

在安庆著名收藏家张忠先生提供给我的一份《民国十年——安徽省立第一甲种工业学校校友录》名单里，我看到了史磊冰、史焕然、史德宽等史家湾走出来到史氏读书人的名字，当然也包括史逸在内，而此时的校长正是比他年长 9 岁的族侄史磊冰。史磊冰，字浩然，史家湾人，幼受庭训于当地私塾，1904 年入桐城学堂，翌年考取公费留学日本，进入东京宏文学院理化专修班，1908 ~1910 年在日本经纬学校专修日语及普通学科，1910 ~1915 年又入日本东京工业大学学习应用化学，1915 年学成归国，先后任职于安徽省第一甲种工业学校，历任应用化学科主任，校长。值得注意的是，当时史家湾走出来的学者，都是经过私塾教育、新式教育、出国留学的求学过程，也包括中国民法第一人的史尚宽。在这份珍贵的校友录教员名单里，史逸的简历上写着：史逸，外号叔隐；现年三十一岁；籍贯桐城；职务，应用化学科主科教员；履历，日本千叶医学专门学校药学士；通信，枞阳安凤岭。史逸在此任教，与史磊冰、史德宽等族人交流更加密切。

这期间，史恕卿一直负责派遣、组织省内进步青年出国留学深造。青年留学一时成为一种现象，使得当时省政府教育厅科长程筱苏很是反对。程筱苏管着全省学生经费，得不到经费支持，史恕卿就一直与其斗争，甚至通过社会自筹经费，送进步青年出国。这期间，朱子帆、唐明、翟宗文等都是史恕卿帮助周转出国的。1922 年 9 月，在史恕卿的革命思想指导下，再次安排了桐城进步青年章伯钧、史尚宽、房思亮、史逸等人赴德国留学。在上海，他们预定了法国邮船"安琪儿"号，此时，船上还有一起赴德留学的朱德、孙炳文、张鸿年等人。如果说，史逸在安徽省立第一甲种工业学校教学的几年时间里，与史磊冰、史德宽接触的革命思想是受史恕卿影响是一个开端，那在与朱德、孙炳文相识后，他的革命思想就是一种新的喷薄。1923 年，史逸在柏林由朱德、孙炳文介绍加入中国共产党。

在德国，史逸与朱德、孙炳文等一起就读于哥廷根大学。而此时的朱德任哥廷根中国学生会主席，一直同中国留学生联络，积极开展着革命活动。当时，中共旅欧支部哥廷根小组每星期三召开一次会议，学习《共产党宣言》等著作，还研究德国媒体上刊登的有关世界革命和中国革命的文章。史逸和朱德、孙炳文一起还组织哥廷根中国学生会的同学，开展宣传中国民主革命，争取德国人民支持的活动。随后，史逸进入福府大学攻读化学，取得了化学博士学位。可以说，正是在留德期间，史逸实现了他革命生涯的重大转折。

1924 年，由于革命需要，党组织派遣他到苏联莫斯科东方共产主义劳动大学学习，东方大学开办于 1921 年秋，是一所专门培养革命干部的政治学校。学校为苏联东部地区培养民族干部，也为东方各国培养革命人才。史逸在这里接受了系统的革命学习，1926 年 9 月回国后，他被任为国民革命军总司令部军医处处长，展开了轰轰烈烈的革命斗争。1926 年夏，国民革命军由广东出师北伐，9 月下旬，北伐军攻克武汉，国共两党合作领导下的革命斗争取得了暂时的成功。考虑史逸的共产党人身份，他被安排在武汉中华大学任教，静观革命形势。

国民党右派的反共、反国共合作的活动一直没有停止过。大革命失败后，史逸的政治身份尚未暴露，党组织决定派他继续留在国民党军队做地下工作，任第二方面军军医处处长，并随军到达广州。在广州，他接何炽昌任广州市卫生局长。1927 年 12 月中旬，共产党领导的广州起义爆发，史逸通过自己在国民党内部的身份为起义做了大量的准备工作。他的革命活动被国民党反动派侦查到，起义的第二天，国民党军队随即包围了广州市卫生局，将史逸逮捕杀害。

1954 年，史逸曾经的同学、亲密战友、中华人民共和国中央人民政府副主席朱德为他写了烈士证明，中央人民政府向烈士家属颁发了由毛泽东主席署名的烈士证书。

人民铭记他，历史铭记他。

作者简介：

高斌，笔名凝雨，安徽枞阳人。2011 年开始在《安庆日报》《振风》等刊物发表作品。作品散见《新安晚报》《海诗刊》等。获安徽省直机关工委、安徽省外宣办、安徽省旅游发展委员会"跟着故事游安徽——2017 安徽旅游故事创作大赛"优秀奖等各类征文奖，并有多篇作品入选各类丛书。

且寻暖阳伴寒冬

钱广安

大雪未雪，冬月将临。朔风呼啸的周末，我迎着熹微，去赴期待已久的约会。这是一场心灵的约定。三个月前，禾泉小镇"作家书屋"招募志愿者，我有幸成为一员，而今天正轮到我值日。

百余里路途，道边或是空旷的田野，麦苗已经返青；或是熟悉的街市，早起的商贩摆起了琳琅的物品，一部人潮涌动的市井大片即将上演。

小镇还没有完全睡醒，三三两两的游客未曾打破它的宁静。我下了车，不禁一个寒噤，沿着通幽曲径直奔"读山书苑"。多么诗意的名字，这山，这水，这草木，原本就是一部不忍释手的诗文集。一年四季，山涧潺潺的流水和啁啾的雀鸣，应和成一曲欢快而甜蜜的情歌；苍松挺立，绿树婆娑，各色花香因四时而更迭，演绎着绝不雷同的主题。

书苑正门两侧是斑驳的青石砖，两扇玻璃门透亮清晰，屋内一览无余。门头齐脊，匾额醒目，门灯橘黄，着实有几分古朴与典雅，瞬间予人以宁静。推门而入，一块粉板映入眼帘，上书"清茗酬知己，煮茶会佳人。竹篱静思处，补读未完书。"汉隶书就，蚕头雁尾，波折而庄重。黑底白字黄木框，夺目且庄重。相比之下，掩映在翠竹一侧的"安徽作家村"匾额，就显得含蓄而内敛，毫不招摇。

书架墙高及房梁，足足十层。每层书阁都塞得满满当当，连书桌上都堆了厚厚几层。真可谓汗牛充栋了。"丈夫拥书万卷，何假南面百城"，以古人之卷计，此地岂止万卷？读书其间者，都可称南面王了。

房屋间间相通，面宽而进深，齐脊房顶，椽、檩、梁、柱皆为木质，古色古香。有几处屋顶覆以玻璃，阳光可以直射室内，通透明亮。大小灯盏悬于木梁之下，别致而不显奇崛，质朴而尽去奢华。一侧墙壁悬挂四幅工笔荷花图，宽尺幅，精装帧，端庄大气。笔锋精巧细腻，宣纸、水墨为之，但神韵俱现。几盘墨叶随风摇曳，几枚荷花，白的淡雅素洁，粉的遮娇含羞，几只蜻蜓，几尾游鱼，且舞且蹈，且游且乐，好一幅"鱼戏莲叶图"！

桌椅茶几等什物多为实木，与书架同为古铜色，擦拭一新，油光发亮。隔而未隔、界而未界的博古架，或陶瓷一方，或器皿一盏，或雕塑一尊，相得益彰。

书屋一隅，竹篱围成一间雅室。天然的枯竹，或直立成排，或斜织为网，较博古要密，比屏风要疏，疏密有致，恰到好处。正中为方桌，拐角有高凳，落手处一座玩石写满春秋与沧桑。头顶绿植如盖，枝繁叶茂，一派融融的春意。再加上，玻璃屋顶投下明媚阳光，即使寒冬风冽，也俨然芳菲四月，风和日暖。"静坐将茶试，闲书把叶翻。"周末，约三五好友，觅此佳境，展书卷七八页，品香茗三五口，或纵论家国天下事，或私语爱恨小情仇，人生乐事，又有几何？

角落处，一方凳，一矮几，常点缀韵味十足的插花。匠师们就地取材，一虬枝，一枯藤，一红花，精于匠心，工于搭配，置于别致的器皿中，虽无根无土，却倔强伸展；虽只花片叶，也春色满园。

作家村创立不足两年，但早已蜚声远近。许多作家慕名而来，题名并赠书，鲁院的高级研修班也移驾于此。此间创始人一生与文字为伴，与书籍为伍，不求富贵与奢华，高调为文，低调做人，殚精竭虑，在微凉的人世，置此心灵港湾一处，暖阳一轮。

有空来坐坐。有空，让心来晒晒太阳。

作者简介：

钱广安，作品散见于《中国地名》《西部散文选刊（原创）》等期刊杂志。

变，是唯一的不变

王雅倩

一

人活着，总是在顾虑中反复挣扎、徘徊、匍匐前行。成长的道路上，你不知道哪一条路会给你带来捷径，你也无法预料哪条路充满荆棘。你唯一可以做的，就像个小怪兽，披上你的战甲，拿起你的武器，在你所存在的那个世界里，小心翼翼地一往无前。

你会遇见形形色色的人，你会看见不一样的风景，你会认识这个你从没到达过的世界，你会感受到原来这就是生活。

生活的路上没有人可以牵起你的手，带着你一直走下去。不同的阶段，会结识不同的人，感悟不同的境界，而每一个曾在你生命里出现过的人，都有着其存在的价值和意义。

也许你会说，有些人的存在只会给你带来伤害、烦恼与痛苦，这样的人我宁愿其从不曾来过我生命。我要说，不是这样的。生而为人每一步都很艰辛，每一场遇见都像是一种磨难，就像蝴蝶它不经历破茧，又怎可化蝶而飞？命运从不曾偏爱过任何人，所有的辉煌和希望，都会经历过时间的洗礼和岁月的沉淀。这世间，从没有哪一条路是好走的！只希望你能作茧自缚亦能破茧成蝶。相信总有一天，你一伸手就能触摸到，曾以为的遥不可及的梦想，你能轻轻拥抱它真切的模样。

二

去相信每一份遥远，每一个不曾抵达的梦想，都抵不过你坚持走下去的力量。可为什么，我们总要在快要抵达梦想的时候，选择放弃；为什么我们总要在原地静止不动，害怕前行；为什么我们总要在现实中求安逸，害怕创新？

归根结底，都源于两个字"害怕"。

我们为什么会感到害怕？很多时候，我们的害怕和恐惧，往往都来自于我们害怕和恐惧本身，而非事情本身。在你感到害怕和恐惧时，你必须要告诉自己："不要因为害怕而害怕恐惧，我们必须要摆脱那些不必要的害怕和恐惧，因为它只会让我们止步不前。"

那么害怕究竟源于什么？是源于对未来的不自信？还是源于对过去的安逸？我们不想改变现状，究竟是害怕现状会给我们带来覆灭，还是因为现状会改变当下的平衡呢？

曾经有个女孩告诉我，她说，"我现在过得很不开心，讨厌现在的状态，想改变，可是又不敢，我甚至很讨厌现在的自己。"其实，栖居在各个城市的男男女女，或多或少都会有这样的想法。只是有些敢于改变，活得洒脱些；有些懦弱点，止步不前。

我问她，"那你究竟在怕些什么？"

她说，"我想换份工作，我觉得现在的这种生活状态不是我喜欢的，我已经快在这种界限里迷失自我。可是我不敢轻易地说不，因为我害怕下一份工作，我会遇到相同的情况，或许还不如现在！"

是啊，当下很多人都在害怕改变，他们觉得故步自封就是最好的模式。其实我们所有的不安，都是我们自己给自己的，设定了界限，模糊了边框，限制了选择。我们害怕下一步，没有上一步精彩；我们害怕下一个路口，不会有人等你，也不会有人带着你走；我们更害怕下一个十年，没有上一个十年那般轰轰烈烈。

三

其实无论你过成什么样，总会有人对你说三道四。那么不申辩、不计较、不解释，对一切都一笑置之，就是最好的蔑视。

生活每走一步，都有它存在的价值与意义，当你不愿意为未来去做改变，现在的生活依然会继续，只是你将看不到更好的风景，错过沿途的旅程，可是依旧也是一种活法。

我们惧怕改变，正是因为人类无法预知未来的走向，你没有一面照向未来的镜子，告诉你这样走下去是对是错。人只会在事情发生后，才会去告诉自己这一步我是对了还是错了，没发生前的所有未知都是一种抉择，恐惧未知也就是恐惧对未来变化的一种不确定。因为，你无法预料自己是否可以应对变化来临时的沉重。你会这样想：与其为无法预知而担忧，不如止步不前。那么，你早在这样想的那一刻，就已经输了。

学如逆水行舟，不进则退。生活也是一样，你不敢接受挑战，机遇又凭什么眷顾你？优柔寡断带给一个人的除了消磨，没有其他。

人们常常被一句"以后怎么办"给吓退，岁月那么长，以后与现在不是断然隔开的，而是我们一步一步过出来的。一份工作、一场爱情、一次变化，其实是看你有没有跨越了那一步。回头看看，难吗？人生最难的也就是迈出那一步，只有涅槃，才能重生，对过往的斩不断，又怎么能迎接新生活。

有时候，对过去的自己说再见，会让我们不安，感到心慌。所以我们才会在过去的泥潭里苦苦挣扎，也不愿意迎接新生，我们希望有人可以拉着你，指引你。其实只要你自己再勇敢一点，会发现自己的力量有多强大，我们每一次的犹豫不决往往都不是因为对手太强大，而是我们无法战胜内心的苟且。所以，请别去焦虑，焦虑只会破坏你的心情，改变你的情绪，让你更加的不快乐。

四

有一天，你越过山，跨过河，请慢慢走，沿途用心去感受这一路以来的风景，你会发现该遇到的人，该经历的事，该体验的生活，该感悟的人生，都在不知不觉中打马走过，是一种润物细无声之感。而你需要做的就是在它到来之际，张开双臂用力去拥抱它，然后轻轻地对它说一句："你好，等你很久了！"

作者简介：

王雅倩，先后签约阅文集团潇湘书院，北京幻想纵横网络技术有限公司。个人公众号"诺槿"，兼及散文、历史评说、美文、热门影视剧影评。

军刀·酒壶·父亲

李家文

　　父亲一生挚爱两件宝贝，一件是日本军刀，一件是白瓷小酒壶。那把传说中镶着金箍的日本军刀，早在我出生之前就上缴政府了，我无缘得见；酒壶我倒是见过。

　　酒壶谈不上有多么精致，但却很实用。冬日里装了酒，放入开水茶缸里焐一会儿，便能喝上热热的酒了。父亲爱喝酒，这酒壶便是他的最爱了，轻易绝不许别人碰它。有一年，大哥抛弃谈了七年恋爱的女朋友，父亲一怒之下，操起酒壶就要砸过去时硬生生地顿住，却抓起一旁温酒的茶缸子连同热水一起向大哥脸上掼去。

　　父亲年轻时的酒量惊人，多喝山芋干子酿的散装白酒，也没有什么特别的下酒菜，至多加一碟油炸花生米。这是父亲独享的，无人敢伸出筷头，除了大哥后来的女朋友外。我永远记得那个闷热的夏日傍晚，我们一家人聚在院内泡桐树下的石桌旁，等着母亲把那碟油炸花生米端上来就可以上桌吃饭了，大哥就在这个时候带着一个女孩轻轻地推开院门走了进来。女孩高高瘦瘦的，穿了一件那个年代绝少见到的雪白连衣裙，飘飘摆摆地走了过来，吸去了所有人的目光。母亲端着花生米愣在当场，光着上身披了一条湿毛巾的父亲把头向旁边一磨，狠狠地挤出一句："哼，资产阶级！"

　　我不知道"资产阶级"说的是那个女孩，还是她身上的那件白连衣裙。总之，父亲的声音很大，我们都听见了，连衣裙肯定也听到了，但她脸上平平静静的，没有写出什么特别的表情。整个院子里的空气都凝固了，大哥也木然了。女孩却突然指着我向大哥问："这就是小弟弟吧？"声音轻细平静，没有一丝波澜。

"小弟，来和姐姐做个游戏好不好？"

"做什么游戏？"我想扭脸躲开，可连衣裙捧得很紧。

"我们来比赛吃花生米吧。用筷子一次夹一粒，看谁夹得又快又准，谁夹得多吃得多！"

那天晚上的花生米，父亲一粒也没有吃，一气喝下了三壶酒之后，拿起他的小酒壶回屋睡觉去了。连衣裙似乎浑然不觉，在院中的小竹床上给我讲故事听。我记得她讲的是一个叫《狐假虎威》的成语故事，那是我听到的第一个故事，也正是从那一刻起，我便迷上了故事，缠着让她讲故事。

有一天，父亲说："我也会讲故事。我会讲真实的故事。"

我不信地看着他。他让我坐到他对面，开始了他磕磕巴巴的讲述：

1938 年，日本人打到我们家乡时，铁路早已被国民党全线破坏了。日本人为了把淮南的煤炭运往芜湖的长江码头，便征来大批民工抢修，我也被拉进了道班——那时叫钉道队。当时新四军的第四支队在那一带活动，扒桥梁、炸涵洞。我老家就出过一个叫李大个子的什么政委，十分了得，枪法惊人，曾在几百米开外把炮楼门口的鬼子打倒了三个，使鬼子从此不敢在门口放哨。

有一天，他带人来扒铁路，还是找我借的扳手，但这次很不幸，他让鬼子给围上了。过程很惨，我就不说了。那天夜里，我从铁道边逃回工棚，一闭眼，眼前依然是一片血光，怕得很，也恨得很。第二天中午放工回来喝了点酒，出门正碰上道班的工头。他是个日本伍长，长得又矮又胖，我们背地里都叫他大狗熊。他经常手提一把尖头小锤在铁道上晃，看谁不顺眼，举锤就往头上敲，平时工人们见了他都躲着走。

那天我喝了酒，心里一团火烧着，难受得很。我就迎着他面走过去，大狗熊也刚喝了庆功酒回来。我们两句三句话没讲完就动手摔了起来，我狠劲上来了，一口气把他摔了四五个跟头，几个伪军冲上来把我架住。这时候我也不怕了，死就死吧，多少我替大伙出了气。没想到大狗熊从地上爬起来后，却对我翘起大拇指说："你的，胆量大大的，力气也是大大的，要好好地干活！"说着话，又摇摇晃晃地解下腰间的军刀，连同一只白瓷的东洋小酒壶一起递给了我。

自那以后，我才知道父亲那两件钟爱一生的物件是怎么得来的，也才知道父亲为什么珍爱它们。因为那是他的个人传奇，是他人生的高光时刻，那里，有他与民族史交汇的伟大时刻。

作者简介：

李家文，作品散见于《星星》《散文百家》《阳光》等文学刊物。

我带孙子玩火把

徐东军

中秋晚饭后，我点燃火把，带着孙子和他的两个小伙伴一起，高举火把，加入玩火把的洪流，顺着街道流淌起来。

玩火把又叫撂火把，是家乡中秋节晚上的一种传统习俗。记得小时候，每逢中秋节的夜晚，我们都要在大人或大孩子们的带领下，擎着火把顺着田埂，满田遍野地跑，边跑边摇着手中的火把，使火把带着风，能够散发出更光亮的火焰；口里还不停地喊着"撂火把，结南瓜，南瓜多大？笆斗大；南瓜多长？扁担长"的歌谣。一队队的孩子们奔跑在田野里，成群结队的火把像一条条火龙，跳跃在秋天广袤的原野里。这旺盛的焰火，在夜晚的原野上，与天上的明月遥相呼应。天上人间，一片光明。

撂火把所以能在民间兴盛并且经久不衰，因为它不仅象征着人们生活的红红火火，幸福美满，据说还可以驱逐瘟疫和庄稼病虫害，使人们来年的光景平平安安，五谷丰登。人们通过撂火把寄托着对美好生活的期盼。

那时候中秋节的前几天，大人和较大点的孩子就开始忙活扎火把了。那时，我们当地的农作物以种植旱粮为主，有高粱秸秆、麻秸秆、玉米秸秆等硬且长的秸秆作物，是绑扎火把的最佳材料。这些硬性的秸秆需要搭配上柔软的且容易燃烧的稻麦茅草，扎出来的火把最为理想。大人会根据孩子们的大小年龄和举火把的能力，有针对性地扎一个适合的火把。

今天的火把是在商场购买的。别说现在我不种地，没有扎火把的秸秆材料，就是种地的人家也没有像高粱秸秆和麻秸秆等这些硬秸秆材料了，这里现在的秋季，种植的基本上是单一的水稻了。正因为此，商家才根据情况，制作出一种现代化的火把来。我们在商店里买的火把，是用一根约两米长的竹竿，劈开竹竿的大头成六瓣，然后把特制的一个小塑料瓶子夹在劈开的竹子中间捆绑牢固。买一根火把，附带一小瓶的煤油。竹子上面捆绑的塑料瓶子的瓶盖是带吸油捻子的，准备玩火把之前，把小瓶里面倒进煤油，通过油捻子可以吸油，点燃油捻子，就是一个现代化的火把，高举着就像一个火炬。

过去我们在中秋节的夜晚不仅撂火把，还有"摸秋"这种风俗。摸秋寓意人们对今年秋季果实的热爱，对来年庄稼的丰收寄予期望。无论大人或孩子，玩过火把回家时，都要到庄稼地里摘一点毛豆或花生或玉米棒子或用手扒两个山芋等带回家，反正不允许空着手回家。今天我带孩子们玩过火把，从街上随便转悠一段路就回家了。没见到有人带着孩子到田野里去撂火把的，更别说摸秋了，它早已消失在岁月的更迭中。

撂火把这种风俗虽然被沿袭下来了，但它发生了很大的变化，可以说是与时俱进——也许正是因为如此，它才得以保存吧。也许，所有能被继承和发扬的传统，都有这个重要特点吧。

作者简介：

徐东军，安徽寿县人，系高级经济师、高级建筑师。曾主编《安徽徐氏》和《全球徐氏》多期内部刊物；著有《宗亲联谊路漫漫》一书；主持编辑《中华徐氏通谱·安徽省卷》；出版处女作《爱在父耕母织间》；与全国 11 作家合集出版《散文十二家》；出版《探路》一书。经常在网络媒体发表姓氏文化和宗亲联谊、游记、时评等文章。

圆了作家梦

黄达利

古稀之年，我加入了省作协，圆了一生的作家梦。

这个梦，在年少时的牛背上就开始做起。

横跨在牛背上，我是个做白日梦的孩子。蓝天如海，白云如帆，丝丝缕缕的云彩，是仙子们的纱衣。变幻的天空，在我心里生出人间的许多故事，它们在我心里演绎着。路过的树林，落下的鸟鸣，旋转的风，氤氲的香气，明亮的光剑，都让我陷入无边无际的遐想。它让我常常迷糊了现实与幻想的距离。

多么想把体验到的种种神秘和盘托出啊！可是，我已经辍学了。我的故事那么新鲜，却又过于简单，过于浅显；我所知道的，太薄太浅，我的河床，载不起《一千零一夜》这样的大船。

动乱结束后，我再次上学。读完高中，再读师范，第一次走进图书馆，第一次知道托尔斯泰、海涅、歌德、但丁，第一次尝试写作，并凭着墙报上的习作，引起一位下放老人关注，他两眼放光地看着我说：写吧，孩子，把你内心的光芒引领出来。

我工作了，在一座深藏山里的小学任教。人或不堪其忧，我却深觉其乐。文字的萤火虫需要安静，需要半夜的犬吠清晨的鸡鸣，需要青草尖上的露珠，需要流霜般皎洁的月色。我爱孩子们，我爱教学，我爱一身轻盈地坐在深山寂静里，与文字为朋。

一封封退稿接踵而来，随之而至的，还有老人寄来的书籍，还有编辑呵护美梦的安慰。笔囊依旧饱满，星空依旧熠熠，梦想岂能泯灭？眼看着同事相继成家，眼看着女友弃我而去，我不悔，我无怨。种梦的犁铧不敢须臾离开文学的沃土，终于，一篇篇文字犹如一粒粒麦芽，拱破土层，在清凌凌的早晨，挂着珠露，盈盈舞动。

正当我准备奋蹄狂奔之时，病痛不宣而战，我只能放弃梦想，做一个普通的男子。我锻炼身体，我勤奋工作，我娶妻生子，我赡养父母。普通男人的一切，我都得到了，只是晚了一点。当别人为我庆幸时，我的心弦总会一阵颤抖。我丢了我的梦。

曾经的同窗成了著名作家，身边的文友高飞而去，而我的双脚一直在命运的土地里。我怅然若失，我不甘就戮。在人生大事尘埃落定之后，我开始擦拭曾经的梦想。一次次努力之后，我终于在《清明》上发表《海南梦醒》……

然后，有了《生命中的那一段》……

然后，蛛网膜下腔再一次出血，再历生死；然后，知天命而不争。

转眼年近古稀。一次聚餐上，妻对着几位作家朋友，热切地推荐起自己的丈夫，说我的痴，说我的梦，说我一生的坎坷。他们感动了，看过作品后，他们唏嘘：这是用生命书写的文字，绝不会玷污省作协会员的荣誉。就这样，我成了全省作家协会中一名新兵，生命心的意义由此开始。

始于少年，成于古稀，这个梦很长，很美。

作者简介：

黄达利，散文小说作品见于《清明》《安徽文学》《安徽青年报》等。

清洗梳妆更妖娆

——诗城母亲河之慈湖河

赵　洁

　　夕阳西沉，星月渐起之时，人们迎着微风，三三两两地行走在慈湖河边上的休闲小道上。有人缓行散步，有人竞走，有人小跑。慈湖河里，灯光映着星光，惝恍迷离。这样的傍晚，散步慈湖河畔，心情如风似月。

　　2011年初，我刚搬来时，慈湖河河床狭窄，河水浑浊发臭，河两边违章建筑破烂不堪，岸边白色垃圾遍地，这是一条死去的河。不由自叹倒霉，生了再次迁居的念头。

　　次年春节过后，河两边破旧的房屋陆续被拆除，高低不平，垃圾成堆的土坡上，推土机、挖掘机来回穿梭，扬起的手臂插入云霄。污浊的河水被慢慢抽干，乌黑的泥淖被慢慢清除。慈湖河流域的综合整治正在进行，小区住户三五成群，指点远处，言笑晏晏，共同期待"漠漠水田飞白鹭"的和乐美景，再现慈湖河畔。

　　说"再现"是有原因的。这里40年前也曾水清鱼欢，孩子们在河里游泳，捉鱼摸虾，两岸居民径直以河水淘米洗菜，挑水回家倒入缸内，放入明矾沉淀后，烧开就能饮用。每到春季，岸边野菜丰美，荠菜、马兰头、野芹菜等蓊郁一片，管够两岸人家。

　　后来，矿山废水流进来了，工业污水排进来了，生活脏水泄进来了，各种垃圾堆起来了，淤堵了河床，堆满了河堤。慈湖河慢慢浑浊了，鱼死了，鸟飞了，河臭了，慈湖河的春天，凛冽如冬。

　　我信步走在慈湖河的木栈道上，流水不腐，不舍昼夜。冬日暖阳下，黄灿灿的芦苇随风飘摇，粼粼清波荡漾，譬如春水般灵动柔媚。一只白鹭在空中盘旋凝睇，猛然扎进芦苇丛中，羽白，水白，芦花白，云白，天地一白，乱入池中都不见，闻声已过白云深。微微出神，问渠那得清如许？为有源头活水来。我知道，水之清，得益于固本清源。"本"是清淤，是广植菖蒲、芦苇、水葱，是严管垃圾投置。"源"是严控源头，流入之水都经严选，由"调蓄塘"和"沉淀池"分解、沉淀。如此，水岂能不清？

改造后的慈湖河上多了 4 座景观桥，只能行人，不通汽车。两座拱桥一长一短，一大一小，悬于空中，正合"双桥落彩虹"。桥洞与桥影，影影绰绰，欲合又分，欲分又合，渲染着水墨山水的韵味。

另外两座桥分别是"波浪桥"和"才俊桥"。波浪桥坐落在旅游大道和桥山路交叉口处，状如波浪，市民称为"波浪桥"；才俊桥横跨马濮路和慈湖河，桥名取自杜牧的"江东子弟多才俊，卷土重来未可知"。至于取名缘由，有人说是借古鉴今：慈湖河虽然曾经落魄过，破败过，但"江东儿女"会以顽强的精神，惊人的智慧和勤劳的双手，让慈湖河重焕生机。

改造后的马濮路跨慈湖河桥为双向六车道的三跨连续梁桥，全长 120 多米。桥头堡上四根粗壮柱子，每根柱端皆耸立着巨大圆形地球仪。桥的正前方是 2015 年开运的高铁东站，东站铁路架在美丽的慈湖河上。动车进站之前，轻盈的身段从慈湖河上的铁路桥驶过。当春天来临，东站路段油菜花盛开之时，河的两岸飘逸着花香。高铁东站右边，是新运营的长途客运总站，高铁站与客运站像一对孪生兄弟，相互依靠，相互衔接，成为江东诗城一道亮丽的风景。

每天清晨，慈湖河边木道广场上，舞动着面带微笑的市民们。稍远些的河汊口边，打太极拳的大叔随着音乐缓缓挥动着双臂，扭动着身体。夜幕降落时，河两岸路灯一溜排开，六分在地，三分在天，还有一分映入河水。慈湖河桥上，疾驶而过的车辆在发出与地面摩擦声里，又迅疾地消失在浓浓墨夜之中。

作者简介：

赵洁，散文和诗歌曾在省市报、省市文学刊物上发表。出版散文集《素笺染墨浅笔陌上花》。

大山的烙印

代江涛

1. 百箩园山

绿色的勇士车慢慢启动，在山路上颠簸着。山路仿佛没有尽头，似与天际相接。在你的审美开始疲劳之时，会有一座山出现在漫天飞舞的雪花中。这是一块不见于地图的区域，是一个网络信号覆盖不到的地方。当地人叫它百箩园山。

站在山腰上环顾四周，山下有几户农家，一条小河弯弯曲曲地向远方延伸，山顶云雾缭绕，宛如仙境。一面红旗在云雾间若隐若现，铿锵的口号声随风远远飘来，这一切召唤着我走向它的冲动。

"天是蓝的，山是绿的，草是香的，在山上眺望山下的执勤点，云雾缭绕，宛如仙境。"在当初追求妻子邹娟的信中，王红强这样写道。邹娟怀着好奇之心前来一探究竟，爬上海拔上千米的百箩园山山顶，她惊叹道：这里好像世外桃源。

班长王红强站在下坑执勤点上眺望远方，一往情深。15年兵龄的他是山里最老的兵，最知道大山的故事。

我跟在他的身后，循着林荫中蜿蜒狭窄的路上山，沿途不时有浮石"呼啦啦"滚落山崖，让人心惊胆寒。当行至能够看到下坑点营房的地方，一条长百米有余的石梯，仿若天梯一般镶嵌在半空中，挡住了去路。

王红强介绍说，下坑点到哨位距离很远，为了节省上哨时间，官兵们自己动手挑来石头打造了一条路，一个来回节省了将近半个小时的时间。山里时常下雨，石头上面会长青苔，上哨时稍不留神，就可能从十几米高的石阶上摔倒、磕伤。2014 年，支队和共建单位协商，请了建筑公司重新打造石梯，并为其装上了护栏。

我拿出手机拍下这一幕，偶然间发现这里手机没有信号。一旁的排长孙睿晰见我直晃手机，打趣地说道："别晃了，这里没有信号。"

2. 望乡台

孙睿晰是华东政法大学的国防生。2012 年毕业后被分到执勤点任排长，进山时，眼瞅着手机信号渐渐从满格变成了"无服务"。进山以后才知道，山里不但没有手机信号，报纸也要延迟 3 天才到，常年难见生人。那时，他在上海有个相恋多年的女友，后来也因联络不便而最终分手。

说起信号，中队长邱军强说有个叫"望乡台"的地方，偶尔会飘来一丝信号。望乡台是个"Y"形岔口，上坑向左，下坑往右，正前方是双峰壁立形成的山岙。山上只有巴掌大的一块地方能接收到微弱的手机信号，官兵们因此称它为"望乡台"。

中队长邱军强结婚后被调到这里当队长。他爱人临产前，中队正准备迎检，他无法休假，山里又没信号，邱军强心急如焚。

"队长，望乡台偶尔会飘来一丝信号，你去试试。"一名士官告诉他。

当他和这名士官到达望乡台的时候，并没有找到传说中的信号。士官在一旁告知，队长，你把手机绑在那棵树上，静静等候几分钟试试。

用什么绑呢？士官灵机一动，从路边拔来几根草递给队长。两个人相视一笑。

大约 10 分钟后，手机终于有了信号。拨通视频，还没看清那张深深牵挂的脸，信号又中断了。接连又尝试了几次，依然如此。最后，邱军强只能用微弱的信号给妻子发去消息。到了第二天，在望乡台上伫立良久的邱军强终于等来了妻子的回信："放心吧，母子都平安。"那一刻，群山将他的喜悦口口相传。

3. 希望树

中队有个传统，每逢新兵下队，都会组织种上"希望树"。一茬茬官兵来了又走，走了又来，营区外，一片树林愈加葳蕤葱茏。

那天，上等兵马千里下了哨，来到一株小树苗旁，小心翼翼地擦去树叶上的灰尘。看到树苗长势良好，他高兴地哼起了歌。

去年种下这棵树后，他一有时间，便来看小树，给它浇水，对它说话。小树仿佛听懂了他的心声一样，渐渐抽出嫩芽。

4. 破茧成蝶

一个周五，经过一周忙碌的训练执勤，终于迎来两天的缓冲。洗漱时间一到，排长孟照进到各班转转。

他惊奇地发现，战士们都在泡脚，便随口调侃了一句："还挺懂养生啊。"战士们不语。

当他看到战士们脱下袜子的那一刻，心仿佛被什么重重地撞击了一下，原来战士们的脚底板都长了一层厚厚的老茧。

一名班长笑呵呵地说："他们呀，是想把老皮剪掉，走路更加轻快，不难受。"接着他苦笑着补充道，"排长，你也要剪。"

孟排长不以为然，回到房间后，他悄悄脱下了袜子，发现刚到哨所不久的自己脚上竟也长出了一层老茧，顿时心绪起伏。他想到老兵说的一句话："茧，几乎所有来到大山里的人都有，脱了又长，长了又脱，就像是山路给每一名官兵留下的烙印。"他瞬间觉得自己身上有了兵的味道，一股暖流涌遍全身，脸上不知不觉露出了笑容。他感到一种轻盈，心的轻盈，身的轻盈，如蝶。

"山青青，水凌凌，我们把忠诚镌刻在云端……"远远的，便听到战友们在唱这首自编的歌谣。我一边走一边凝望着远山近树、云端哨所。一年不见，那山那树格外亲切、更显精神，我想一定是战友们的青春奋斗在为大山增加着海拔、增添着壮美！

作者简介：

代江涛，现供职于武警某部，"90 后"军旅作家，毕业于四川大学中文系。在《黄河文学》《青年作家》《橄榄绿》《解放军报》《人民武警报》《羊城晚报》《四川日报》发表小说、散文若干。曾获得第十三届、第十四届武警文艺奖。著有散文集《微风过处》《时光可鉴》。

千年银杏树

陈　群

夜幕时分，我们几十人顶着微弱的蓝光，前往来安县杨郢乡，只为去山上看一棵千年银杏树。这株银杏树树龄约有 1800 年，高 20 多米，胸径 2 米多。在树基部萌生 8 株不同年代的小银杏树，形成老、壮、中、青、幼"五代同堂"的奇观，被中国银杏学会誉为"皖东银杏王"。

那一刻空山寂寂，但闻人语响。山脚下，夜灯渐次辉煌。我们的眼前，微弱的蓝光里，是一张张谦卑而热情的笑脸，他们是杨郢乡派来的工作人员。

他们戴着红帽子、身穿红马甲站在树下，面前横着一条木桌，桌上整齐地摆有杯子和水壶。先来的同行者端着热气腾腾的水，一脸惬意。在这寒冷的山上，喝着热水，或是端着水杯，或是看人端着水杯，都让人心生温暖。

我在现场了解得知，他们是附近社区的工作人员。听说作家们前往来安采风，其中一站就是杨郢古银杏树，当地有关部门早几天前就准备好了。只是没想到当天因为行程变化而延误了时间，他们便在夜色中的山腰枯等着。冬日的山腰光照有限，气温低，他们搓着手，但却带着笑。

将拍摄的参数调到极致，仍无法看清楚银杏树的雄姿。而流光依然流逝，如水，如烟。泼墨般的黑里，银杏树静立不语，像慈善的老者，又似聪慧的智者。树是时间的物象，时间活在它的身体里，涓涓流淌。千年银杏树便是一条千年不息的河流，站在它的身旁，纵使没有渡船，没有渔火，也能遥想，也可追思。历史并不如烟，往事并不如梦。可是，生在深山，长于孤寂，寂寞生长，这样的生命又有什么意义呢？

夜已深如枯墨。我们下山，在半山腰的老地方，那几位工作人员仍整齐地站在临时服务台前，服务殷勤。我伫立良久，内心泛起阵阵暖流。我要留下这一幕。我左手打开手机照明灯，右手举起照相机。他们感受到了镜头，愈发局促起来，这又使得他们的笑愈发质朴，愈发真实。

"你们太辛苦了，谢谢！"

"不用客气，你们有事耽误了，还按原计划大老远来，我们怎么做都是应该的，何况，你们是来为我们宣传杨郢。"

我的心一颤。多么纯朴而又高尚的情感！

汽车启动了，喇叭声在空山里尤显空旷。我们陆续上车，带走这片刻的热闹，寂静正在重新覆盖这片宁静已久的土地。隐隐约约中，有人扛着桌子从山上挪下来，他脚步迟缓，试探性从一堆杂草里劈开道路，跟跄着搬动桌子，身子左一歪，右一斜。真是难为他了！这么暗的天，这么冷的夜，扛着桌子、拿着凳子……他们如此热情执着，又能得到什么呢？他们如此卑微地活着，又有什么意义呢？

在浓厚的夜里，他们与银杏树的影子重合起来。是的，他们是多么的相像啊！

一棵古树染绿一座大山，千百年来，这棵古老的银杏树俯瞰大地，撑起天空。山下的人们，晨起昏宿，一代一代的，从刀耕火种到半机械化，从人烟稀少到炊烟弥漫，从衣食难全到温饱再到奔小康。树与人，相守相依，相互观照，互为历史。它予人以沧桑，予人以生命存在的证据。人予它以活着的意义，以安静，以智慧。他们相同的便是：安静，活成自己。

难忘这个岁末的晚上，难忘这棵树，难忘这群人。

作者简介：

陈群，出生于湖北省洪湖市，"80后"新合肥人，曾效力于《新安晚报》。2013年被安徽省委宣传部授予"青年英才"称号；2018年入选中国文联新文艺群体拔尖人才高级研修班。现工作于安徽荃银高科种业股份有限公司。

散文在我们生活中的位置

王亚宁

我们谈到散文首先想到的是散文格式，讲究的是形散神不散，不外乎有三大类，叙事类、抒情类和议论类。

无论是哪种散文，"形散"都有表达方式的灵活性，表现手法的多样性，选取材料的丰富性。"聚"则体现在文章表现在一个统一的中心思想，不能让人阅读以后不知其所然，所以中心的主题需要贯穿全文，一切的铺垫都是为了我们想表达什么。我们观察身边事物，通过联想，用散文的形式，通过一个或者多个事件组合贯穿一条主线，把自己的感悟个性化地表达出来。

我们总是在模仿别人的表达模式，因为这不是你自己生活的一种状态，会落进邯郸学步人云亦云的尴尬境地。没有自己的真情实感，就没有了独特意味。

不要试图模仿别人的生活，你没有深入地接触大海，你写不出来大海味道。即使有了一点大海意思，人们一看就知道在那里无病呻吟，因为你对大海只是表面上的认识。你写草原也是同样的道理。只有你生活在那里，而且仔细去观察了你所处在那种生活状态，才能写出让人震撼心灵的文字。

我们每天都在"生活"之中，对你的创作来说，你的生活就是最好的生活。你不是复印件或者粘贴就可以了，所以我们要写就写自己熟悉的生活，写自己熟悉生活状态和精神状态，把发自内心的体验，自身生命的感悟用文字表现出来。但是我们仅仅依靠生活经验去创作的散文，这种创作周期也不会长久的，因为我们最后的写作是思想的写作，通过我们的文字去表达我们对生活的认识和提炼。

所以说，我们的散文深处起作用的都是思想延伸，思想和见识决定你散文的深度、广度和高度。

一个散文爱好者人文的底蕴很重要。散文的创作本身就是洞察力的具体体现，生活的积累是一种渐进式前行。写作上会遇到许多瓶颈，如何突破解套蜕变，需要用心体会和琢磨，关键在于你的坚持，这个坚持是你对自己的认识、对社会认知的坚持，成为你生命一部分的时候，成为丰富你的内心世界，在你的精神情感丰沛的情况下，你的散文才能打动人。

散文不应该是华丽辞藻堆砌而成，不应该是模仿式的写景抒情，更不应该是从别人的一个金句一种段落开始，形成或搭建自己的"太平盛世"或"海市蜃楼"。散文是能让人内心坚定、情感丰沛、精神充盈的载体，散文带来的涓涓细流或者荡气回肠的情怀，足以涤荡淤积，生长清明之境。

散文应该有一种责任感，有家国情怀，干预生活，反思历史，记录现下。真正的作家要有历史感的，追求自己文字在历史中的位置，作家应该在关键时候站出来，这应该是作家的一种追求，一个目标，一种态度。

散文的写作需要通过阅历和知识积累，在生活中仔细观摩品味发现意想不到的视角，多读书和对生活的体验，从书中和生活中找到自己的精神追求和情感寄托，使自己成为一个有思想、有情感、有追求的人，不被生活的泥淖所淹没，做一个真正清醒的写作之人。

作者简介：

王亚宁，现是国网安徽电力宁国市供电公司员工。主要作品《诗文选集》《风卷云起》《成长的春天》《青春在工厂里放飞》等散文、杂文、小说等。

诗 歌

一苇组诗

陆爱霞

其一　麻　雀

从最近的树丛飞过来
那么多麻雀，呼啦啦
在高压线上排好队
其中有两三只偏离了
又迅速调整好站姿

它们一定觉察了低处的冷风
风声由近至远，至消失
而某个瞬间，那当中
也有一两个认出了彼此……

多么温暖的场景，但它们不会抱头痛哭
它们还没有学会将悲伤带离枝头

其二　倾　听

雪在我身体里居住多年

年过四十方才感知
雪慢慢融化的过程
其实是一个人赴死的过程

雪到死都不明白
我感知到消失的暖意
并克制自己
开白色的花

其三　几只灰掠鸟在夹竹桃下隐身

这世间令我们手足无措的何止是
大雨中的烟雾翻腾

柴草都湿了
借一张纸引火
吹，轻轻地，对着一截枯烂的树枝

在不远的乡下，我也有过这样专情时刻
面对一截漆黑的雷木
也被烟幕熏下泪来
也在转身时悄悄擦去泪水

其四　梦见一行白鹭

比我在秋浦河上看到的白鹭还要婉转
她不曾回过头来
只义无反顾地向群山飞去
秋浦桥上的栏杆

还在晃荡不止
我承认那是我的心
晃荡不止

草木葳蕤，万物正向另一个自己低头

在那个清晨你看到的是薄雾和轻霜
我看到的是
芦苇颤栗，鹅卵石在浅水处
击鼓而歌

作者简介：

　　一苇，本名陆爱霞，安徽铜陵人。有作品发表在《中国诗歌》
《安徽文学》《清明》《诗歌月刊》《淮风》《稻香湖》等文学杂志。

爱这时光的虚无 （外一首）

苏　米

我爱这枯败的草木
爱这喜悦与单纯
抹掉遍身的裂痕

爱此刻恰到好处的暖，缓缓
铺到生死的边缘

爱这兵荒马乱的距离
仿佛婴儿的啼哭没有经历过时光

这一条路

这一条路，不知通往何处
路旁的樱，在风中
一些往事在风中

刻进骨头的事物
时间不过是打了个水漂

喝尽夜色

也无人从那一头过来

看见的，是春
年复一年以新芽擦拭
这用旧的
人间

作者简介：

苏米，本名苏咏梅，安徽黄山人。近年开始写作，散文、诗歌刊发于《鸭绿江》《海燕》《散文诗》《诗歌月刊》《扬子晚报》《新安晚报》等。曾获安徽"古井贡杯"战疫诗歌及散文征文大赛二等奖；安徽省人民银行系统职工"书写抗疫，我们在行动"征文大赛三等奖。

在三水涧

方文娟

没有什么不是流动的
阳光也是，草地也是
纪念碑也是

油菜花像平缓的金色河流
每一朵浪都溢出芬芳
举着旗子奔跑的少年
是不知疲倦的帆

山坡上，紫玉兰点燃
一枚枚小火炬
而白色花瓣，已先一步落地
铺设通往秘境的舞毯

几只说不出名字的黑鸟
一会儿在地上跳跳
一会儿又迅疾飞起
它们的叫声沿着茂密的枝叶
不断滴落

风吹过峡谷，吹过我的发间
我就站在那里

作者简介：

简笺，本名方文娟，安徽无为人。作品散见于《诗歌月刊》《诗探索》《奔流》《作家天地》《中国文艺家》等。有诗歌被选入多种选本和获奖。

白湖柳

谢灵娟

一定要有风
才能让堤岸的柳柔软起来
轻韧和坚挺的双向置换
在白湖如此明朗

去年深秋挂在天空的虬枝
定格在雁阵低飞的某个夜晚
月亮犹疑着
在兆河的光波里行走
——泄洪期刚过，那些过度浸泡的苍白
正轻手轻脚，准备醒来
柔和而又落寞

我追思这物种的由来
以及它与堤岸的关系
河水汹涌从夏商周流进
魏晋、隋唐
常掫描述口中牙齿与舌头
启发了榻前年轻的庄子
却未曾启发并不年轻的我们

我们仍然一片荒芜

"看！河畔新绿！"女伴大声地叫出来
是啊，生的机遇已经到来
你必然用你的语言把色彩
重新定义——

作者简介：

谢灵娟，笔名徐吟客，1995 年开始写诗，诗歌散文散见于《大学生》《飞天》《江南诗刊》《冷风景》《团讯》《星星诗刊》等。

诗歌三首

施 展

其一 失 眠

当飞鸟穿过晨昏线
五点钟方向
一束黯然的光
穿梭在
疾行的影子里

在那里
新生的月亮吟诗
给那些睡不着的小孩
如同一片不被期待的云
被默许站在聚光灯下

我拨开你的头发
一缕
就像剥离橘子的筋脉
这里从来没有安生的好事
你安静离场

裙摆翻动
就像沸汤里痛苦的鱼

其二 蚯 蚓

在七月，当蚂蚁围上蚯蚓的尸体
我用坚韧的鱼线把斧头
吊在床头
"命运就是概率。"

窗外的金丝桃从全盛到衰败
在不均匀的日光里，仅存的花丝摇晃
它们是时间上的异乡人
它们日日夜夜在钉子上行走

于我——
当丝线发出橡胶虫子关节的声音
斧柄上长出青苔
变成一具锈迹斑斑的尸体
我在它下方抱着膝盖
然后想到了一条蚯蚓的死亡
它被蚂蚁爬满全身，彻彻底底死了
"死亡使得自私鬼开始分享。"
我在危机中总结道

其三 雨水的深海

雨水像小溪一样汇集
沿着斜坡打着一个个叉形，窄窄得淌下来

我们这些孩子就从长着蜗牛的深草里钻出来
去抚摸它，拿它洗手

当小溪一样的雨水
汇成了小河一样的雨水
我们这些孩子就用木棍去搭堤坝
还做了蓄水池子

最后，它们被追赶着
变成了海一样的雨水
我们这些孩子就光着脚蹦跳
还把单车骑进去，骑进雨水一样的海里
它有模有样地长出白色的泡沫

我们把手伸进雨水的深处
居然握住了一棵珊瑚
领头的那个用舌头证明它来自咸水
又用指肚触摸它根部新鲜的伤口
这是土生土长的标志
可这又有什么奇怪的呢

深草和木棍都不见了
我们是渔民的孩子

作者简介：

施展，现就读于安徽师范大学生命科学学院。曾获得马鞍山市红星小诗人大赛一等奖、长江三角洲大学生诗歌大赛三等奖，有诗歌发在《诗歌月刊》《扬子江诗刊》，有短篇小说、小小说发在《青春》《作家天地》。

单 纯 (外一首)

盛　文

我见到过的东西
没有什么比庄稼
更单纯

譬如麦子
在一条条土畦上
它们从耕熟的土里
发出一地的绿针
又在风里长成
笑呵呵的模样
风来推波助澜的时候
它们就模拟海的样子

农历五月，故乡的麦子
一片金黄
通体散着物质的芳香
麦子很干净地献出一切
简单得被漠视
就像阳光
就像土地

就先埋在土里的
我们的故乡

回乡偶记

乡间老屋的后面
是大片竹林
一大早
我就被鸟声吵醒
本地的路过的走亲访友的
不知数的鸟
在竹林里
或交谈或呢喃或歌唱
很是热闹

我听不懂鸟语
它们的语言来自天空
或造物遗失的经卷
太过简单与太过深邃
都无法解释无法翻译

鸟们认识我
它们互相问候
然后一定会谈论起
天气、农时和田畈里的庄稼
但这些却也是我非常熟悉的

作者简介：

　　盛文，男，1969 年生，安徽枞阳人，安徽省作家协会会员。

我们活在这尘世并不仅仅是活着

晏 弘

就像一粒饱满的种子，破土而出
生根发芽，因为遗传、变异
长成一株小草（或者中草药）
或者五谷，或者灌木，或者大树
各自放歌成天籁之音
因为适应，经得住风霜雨雪的考验
因为新陈代谢，逃不脱枯寂和衰亡
花儿都习惯了，埋在地下的根
撑住，在做向死而生的努力
无论地气向上还是向下
或旱或涝，居高抑或位卑
从无永乐，时而忘忧
大地以沉默、以暗示，相安慰
我们活在尘世背着自己这个包袱
悲欣纠缠于翩翩起起落落
一声叹息，又一声叹息
越是想留下什么，越是流逝什么
身世不嫌泪痕，屈辱何曾弯腰
修行是见识、省悟的功夫
茫茫荡荡也好，断断凿凿也好

日月的光辉照在口碑

我们活在这尘世并不仅仅是活着

作者简介：

　　晏弘，原名陈焱红，安徽省作家协会会员，现居合肥。已出版诗集《忘了她：晏弘的诗》（余世磊序）、《枝上》（陈先发序）。

槐木制框

张 凡

槐木框的纹壑中，隐藏有

一种未知，

一种制造，

一条很长、很长的流水，排斥河床，形成黑色的线。

那个鲜于说话的哑人，总是将头搁置窗外。

他听萤虫自言自语，也听桂叶蹑脚踩在院中，

有时也听响雷炸开蜂群，蜂群就进入木框，

火柱也进入，

雪山也进入。

框，似乎要纳入一切力量，这种碰撞，引我有一层思考。

这自我之上黑白两代人的线结，似乎已被流水

剪开。

我也将用槐木制造另一个木框

父亲会进入，

肢体会进入，

敌人也会进入。

河床之上，线序所达的人都会进入。

然而，那条黑线能锁住的，不过是
那些声音。

作者简介：

张凡，笔名巢夫子，诗歌刊于《鹿鸣》《作家天地》《散文诗世界》《中国汉诗》《中华诗人》等。出版《陪你捡起青涩时光》《山谷沟壑捡起的诗歌》。

时间简史（外一首）

姚　辉

我们在沉默中告别
之后还用沉默
治愈

万物的度量单位
是速度
慢，存在
快，虚无
从奇点爆炸开始想象
暗物质也同步
时间的本质是一种运动

我们用记忆
证明时间的存在
我们却在时间里
消失了记忆

时间是一种一元
叙事方式
一旦它展开宏大的
抒情
世界啊，静止

坐在雨的外面

如果，有一朵云下落不明
我们，只需在一场夏雨里
就可以追寻它的踪迹

七月里，洪峰突至而来
每一场风雨都是一次邂逅
每一次邂逅何尝不是一场"风雨"
这是客观和主观的不同之处

有多少春风和秋月被
一场倾盆寰宇的泪奔清洗
在寒冬里，总有第一场雪
会如期而至，它
冻结了人世间仅有的温度
令我们，不由得想起那一次次
坐在雨的外面
默默地凝视着渐行渐远的那一切

每个人都曾遇见一场雨
它或许成了记忆
或许正在被下一场雨倾覆
事实上，没有一场雨可以
让我们置身事外

作者简介：

　　姚辉，各类作品散见于《诗歌月刊》《清明》《诗潮》《鸭绿江》《浙江诗人》等。著有诗歌散文集《行走在喧闹的尘世间》。

雪落或中年小结 （外二首）

胡立森

那些雪花散落草丛转瞬即逝
他们多像走近过的人，经历过的事
任由风雪掏空天穹的昏暗
以纷纷扬扬的姿态抚慰大地苍茫
一些水珠摇曳枝头
不愿为一念之差的放手付出代价

再后来草丛隐身于积雪之下
如无数故人旧事溢出内心
雪纷飞的样子多像那些事物芳华时候
舞动枝头注目轮回过的片刻感动

风拽着雪花横向或者倾斜飘扬
偶尔卷起积雪的柔美，做出粗犷样子
把过往的事物全部省略
用温柔和细腻深层剖析洁白的内涵
等一簇新绿破土而出

乌江寻根

向东穿过老街，再上二十三级台阶
堤埂上江碧岸绿便扑面而来
驷马河扶着苏皖的肩头蜿蜒曲折
船闸放出一条条披波破浪驳船
转身在驻马河口通江达海

一棵瓦松隐入繁华依稀可辨
老街两边老房子低矮参差
木质榫卯结构外披青砖黛瓦
深巷狭窄细长延伸细石板路沧桑
商贩生计里有霸王酥脆出典故

驷马河喂养老街人的温饱
包括张孝祥、张籍、林散之文人墨客
再聚凤凰山下，那些碑刻石廊里
深深浅浅的笔画承转时代印痕
与黑色的、灰色的喜鹊留守枝头

在 1736 年高龄的古镇寻根
皖江第一镇的风华正慢慢鲜明
晒太阳老人恬静成街坊风景
如那棵银杏金黄滋润起的倦意
一阵风吹过街头巷尾
适合外乡人把根再理一理

速写陋室

陋室铭以柳体镌刻的深度
沉淀巴山蜀水二十三年辛酸
碑亭通透四季风雅光阴
每位研读的人便靠近鸿儒一步

案牍虚空，风尘旧事堆成暗疾
偶尔响起素琴低沉或清脆
数九寒天没找到苔痕上阶绿淡定
如政擢贤良的内涵简单而从容

从东西厢房点读的生平政绩
以编年体本传点线分明
走出陋室，午后阳光投下穿越线
适合把八十一字铭文高诵一遍

作者简介：

　　梅亭，本名胡立森，安徽马鞍山人，安徽省作协会员。诗歌作品发表《诗歌月刊》《绿风》《诗潮》《作家天地》等。获得第二届杨牧诗歌奖等。

一只鸟站在工地的钢筋头上 （外一首）

彭剑明

十年树木，一年竖楼
楼房的生长速度每天可见
向空中，向树的周边
延伸，再延伸

山，退了又退
退到小河的另一边，坐下来
看红尘的笼罩，越来越密集

一只鸟又飞来了
站在框架柱子的钢筋头上，盯着我
打挖地基的时候它就来过
就在这儿盘旋，偶尔嘶鸣一声
穿透胸腔，隐隐地痛

总想找机会告诉它，我只是建筑工
我的巢不在这儿，这片楼房建成后
又要去另一个地方
不会带走一粒石子
或一片树叶

张二棍是架子工

路灯数着脚步声，一路数着
一路紧盯着两人的影子
太阳刚刚扯开黎明前的黑暗
张二棍和他的老婆就到了工地

今天的外脚手架必须高出施工楼面
这是命令，要将危险拦截在楼外
把施工的粗心大意围堵在平面之内
老婆在地上整理扣件
拧螺丝，刷油
为安全的锁做保养

大楼已经建到三十层
还没有停下来的意思
外架的钢管一直向天空顶去
张二棍也一直顶向高空
累了就低头看看楼底下的老婆

一位有点文化的工程师说
她的老公与一个诗人同名同姓
她只是笑笑，将手中的扣件捏了又捏
留守在家的孩子多像这个扣件呵
把她和老公紧紧地扣在一起

张二棍竖起最后一根钢管时
不经意间碰落了夕阳

溅起了满天的星星

路灯又数着张二棍的脚步声

一盏接着一盏睁开了眼睛

回来的路上，张二棍

紧紧牵着老婆的手

就像脚手架的扣件，牵着两根钢管

安全，又相互依靠

作者简介：

彭金，笔名彭剑明，合肥庐江人，职业建筑。20世纪80年代开始写诗，有诗作散见于《诗歌报》《当代诗歌》《黄河诗报》《华厦诗报》等数十家省市级报纸杂志。

诗三首

傅光堂

其一　脸谱识别仪

此刻我说"对不起"有点牵强
脸谱识别系统总是不认我
——才三年。三年前录入的信息
莫非也物是人非
每次面对这台仪器，我总要调动不同的情绪
有时像后悔，有时像谄媚
有时像迫不得已的悲伤
上下滚动的淡绿条纹
一次又一次否定我的耐心
仿佛一个有温度的人背对另一个有温度的人
仿佛大山拒绝尘土，火拒绝水
我的意志力并不坚定，可以变节成为朋友
在献过若干表情之后，终于被确认
证明我是我。只是
到底是哪副嘴脸被认同
到现在，我都搞不清楚

其二　香樟还绿着，我看不见空旷

从窗口望去
被秋风收割后的田野
阳光并不均匀
高处明亮
低洼处或背光的土丘
藏掖着光阴的皱褶，有些发暗
我的目光会在那里停留得更久些
觉得那里一定有
半暗半明的植物，弯腰终成习惯的人
需要宽恕和原谅

在另外一扇窗口
香樟树的叶子还是绿的
仔细看，飞檐的尖喙钝了
仔细听，鸟鸣比春天硬了许多
它们有意阻挡住了什么
我看不见日渐空旷的大地
奔走的河流和人群
看不见随后的一场雪
新印上去的前程在何处终结
那么，我也就不去想
雪中的六瓣梅花
暗暗溢出怎样的香气

其三　蒹葭在霜中白

蒹葭在霜中白
作为我爱着的摇曳
我更关心根部的细水
以及蛙鸣背后的蝌蚪
以及蜻蜓薄羽下微小的风
镌刻的碑文

我也爱世间一切短暂
弹指可破的绿
爱过再爱的残红
滴露盛大的容器
有星辰和蜉蝣的一生
有我的寂静和孤独
和朴素的幸福

走在路上的人
都有等待的彼岸
在水一方，蒹葭白霜为岸
流水飞云青山，夕阳是岸
四季在存照中回眸
偶遇的陌生人是前世的自己
我愿以亲人相称

作者简介：

　　傅光堂，教育工作者，安徽省作协会员。作品散见《诗刊》《诗歌月刊》《安徽文学》《作家天地》等。获奖多次。有作品入选中国诗歌网"每日好诗"、年鉴或选本。出版诗集《走过的路》《停顿之间》两部。

立 像（组诗）

方启华

其一 棋 手

落子之前，他的眉毛轻轻颤抖
为了捕捉他的骚动，我的双眼
像一架马克沁重机枪不停发射

我见他用意念做毛笔在棋盘上
作画，一会儿画山水，一会儿
画被车马碾压过的庄稼。是谁

的炮子，替谁卖命？谁的卒把
象征胜利的旗帜插入一尺厚的
白雪。尽管我的谋士告诉我

这是一个完美的陷阱。可我为何
还要硬着头皮向前冲，生死
算什么，荣辱又算得了什么

时间不给我思考的机会，命运
做发号施令的推手，阵地失守

留我一个孤零零的将军做什么

其二　鸟　笼

黑色的无限可能性在向他招手
一张宣纸上平铺着反反复复的
命运，笔尖像一根刺，刺穿这

叫人感到恐惧的白色屏障。你
要画出什么鸟立于众山之巅
但谁能看得见它在每一次抵达

之前的所有辛酸？可它现在在
想什么：苍茫雪山似月光般皎
洁，松树之根已经没于岁月催

残，但绝壁之上何时才能会开
出莲花？我们那么努力只是为
了亲眼目睹，花开一瞬赋予的

盛世体验吗？似华丽语言堆砌
的宫殿，但每一个空荡的房间
都装满了泡沫，只只皆是幻影

作者简介：

　　方启华，1986 年生，安徽无为人，曾任凤凰网安徽频道等多个网络媒体特约评论员、专栏作者，部分诗歌作品常见于《诗歌月刊》《星星》《浙江诗人》《广西文学》《中国诗歌》等各种纸媒，曾有作品收录于《新时代中国诗歌地理（安徽卷）》《中国青年诗人年鉴 2017》等。

惊　蛰

——写给从来不曾离去的青春

蒋诗经

　　记忆的惊蛰，始于某个宿醉的凌晨
　　空荡的房间
　　拥挤不堪
　　往事褪去灰尘，划出尖利的划痕
　　刻出一幅如伤口般的艳丽图谱
　　青春的列车，无声地驶向远方
　　锈迹斑斑的时钟，已经停摆
　　时针和分针，瘦弱地指向
　　上一个秋季

　　缤纷的落叶，翻摆着秋风
　　噤语的寒蝉
　　沿着虹的轨迹
　　坠入深深的泥土
　　覆盖自怜的忧伤
　　也许，青春就是一曲断章

　　泪，滴到地下一万米的深处
　　烫伤了最初的梦
　　冷却的火山灰

灼热地思念着岩浆的喷发
如果青春可以轮回
你就是在等待一个惊雷
等待遵循秩序的狂想
踏上归途

闪电撕开了心底的黑暗
随大地一同颤抖
随着奔放的前奏，舒展僵死的肉体
灵魂枕戈待旦
请允许回到站台的人
再次放牧理想
这一次，绝不错过

晨曦万丈，蓦然回首
青春从来就不曾离去
青春的列车，沿着心的轨迹
从来就是一首没有开始，也没有结局的诗
只要你愿意
哪怕用沧桑的歌喉
为他放歌

作者简介：

　　蒋诗经，男，安徽芜湖人，安徽省作协会员。于 2007 年开始业余撰稿，在全国有关期刊发表文字百万余，出版有个人故事集《挥泪斩》。于 2015 年开始创作剧本，有作品获奖纪录。

一笔巢湖水醉倒几个秋（外一首）

张青林

天地之眼　八百里巢湖烟波浩渺
八百里渔舟唱晚
八百里湖水
走出北宋包拯和大清重臣

一颗强劲的心脏澎湃着庐州春潮
一朵梦中白莲开在庐州发梢
一面深情的明镜照着远古的弯月
一池砚墨一笔长风狂草出庐州诗画流淌
我是你浪尖那一只青鸟
为何夜夜飞不出你弯弯的眉梢

我是风在你动情处掀起狂涛
我是细雨涨满你夏日清清湖水
我是雷电摇醒你千年不息的鼾声
我是一朵白云飘浮在你深沉的眼底

我把童年藏在你远去的浪花里
一片芦苇一片水草一片湖光满天萤火
我用那支短笛吹瘦你岸边炊烟袅袅

我在长夜回眸里看见你深处
一声声笛鸣喊出嘶哑欲滴的乡音

我是一块醉石埋在你千年柳堤听湖水拍岸
我是岁月枝头的蝉呼唤远方想家的人
我是一只蜻蜓吻香那年悠悠稻花
我是心底老井眼里噙着你深邃的泪水
我是村头老树遥看十里春风举着依依惜别的手

我在粉墙黛瓦里划开湖边颤栗的灯火
我在一卷长歌里寻找沉没的巢州
湖水无声前不见古人
只有一座沉默的姥山相看千年
恍惚间我在一滴泪珠里
仿佛看见你昨日依稀的背影

月亮，偷走我半亩瓜田

我有半亩瓜田，住在月亮里
我是看瓜的人，夜夜守望星空

一只蚊虫叮咬的疼痛
一片月光清洗过的伤口
时常在夏夜复发

漂泊的脚步豪赌的人生
我把光阴一掷千金
曾经我虎落平原，曾经我呼啸山林

山已被风推得很远很小
带走往事故人秋虫夏蝉
大风很大我的影子很轻
乳名被挂在江南的树梢

夕阳下回首，典当行囊
空了满了，满了空了
只留给我这半亩瓜田和无际的月光

作者简介：

张青林，男，研究生学历。中国诗歌协会会员，合肥市作家协会会员。有数百首作品发表在中国作家网、《中国诗界》《中国流派诗刊》（香港）、《鸭绿江·华夏诗歌》等诸多诗刊、网站。有作品收入《2019 年度中国优秀诗歌选》《2019 中国微型诗排行榜》。荣获 2020 年及 2018 年《中华情全国诗歌散文联赛》金奖、全国山水诗大赛金奖、第五届中外诗歌散文邀请赛二等奖。

水车岭的变迁（外一首）

王祖新

那一年，我顺水掠过你的膝，惊起的石子零落
秋风抖动松萝，喑哑的白鹇飞不出平庸
忽忆起，谁牵出银丝三千丈，谁望断大楼山

如今，我栖于你的背，遥看水车头
起眼处，飞鸿浴晨曦，舟楫涟漪车似水
人如流，从这头引那头

影影的律动，拳拳的猜测
莫非是，读书郎邀约采菱女
还是化一只相思鸟吧
恰如，绿缎有多长，心便有多远

越重岭，翠屏的谷底，渔屋起烟火
飞渌水，委婉的清风，润了一尖漂流的雪
想描摹亮丽的村舍，想哼哼渔舟的唱晚
在江祖石听诗，在杜坞问长江月，直醉我心扉

注：水车岭在今安徽池州市城南桃坡乡龙舒河畔。其峭壁
临渊，奔流钻海声，故名水车岭。水车岭周围山峰奇秀、怪石
峥嵘，风景奇特。

池 上

一阵清风吹过水质的镜面
扯下一片绿
馈赠几株莫名的小花

一些水草在为一对鹧鸪塑型
有的依偎，有的镂空
有的还在缠绵
两三白条子蹭来蹭去

一树柳丝垂挂着默默的绿
垂挂着春的闲适
垂挂着我沉淀的思绪

我折服于一茎弥蔓的藤
它的韧劲正悄悄伸向水面

作者简介：

王祖新，马鞍山当涂人，教师。安徽省作协会员，安徽省散文随笔学会会员。现任齐鲁文学福建文学社现代诗编辑。300 余首诗歌、散文发表于《西南文学》《星星》《当代诗歌地理》《新蕾》《作家天地》《山东诗歌》《齐鲁文学》《当代先锋文学》等纸刊。

春申湖（外一首）

薛小平

出门的那一刻，像打开罐笼走出来
把旧的工装弹了弹
戴帽子，揣电筒
怕黑，这与长年的下井有关
去湖边遛弯儿
成了父亲退休后的工作

在霞光的倒影中，余温的思绪
像一块即将燃尽的煤
我知道父亲的心思
这湖底的深处，一定有他蹚过的老井
每天，遛上一圈
就能把逝去的岁月捋直

一条锦鲤，跃出湖面
化成亭上的飞檐
父亲昏花的眼神，燃起了火焰
擦肩而过的招呼声
让老寒腿有了舒筋活血的感觉
仿佛把最美的湖光

装进电筒，天黑了，回家
就能照亮一条径直的路

清明，我看见一个人在石碑上描字

清明，在山坡上
看见一个人举笔，描字
那些墓碑上模糊的字迹
像久远的记忆，渐行渐远
描上，就能重新唤醒

红字呈现鲜活，生命的延续
黑字代表远去的亲人，凝固的夜
两者之间，似乎暗藏着
一条泾渭分明的河流

所有的碑文都中规中矩
就像我们的生活，小学时的描红
在一笔一画的行走中
不敢越界半分
字清晰，容颜清晰

立起身，阳光拍过来
地上地下，三人成影

作者简介：

　　薛小平，安徽省作家协会会员，中国冶金作家协会会员。曾在《诗歌月刊》《上海诗人》等各类报刊发表诗歌近200首（篇）。

烟雨微凉

信　鹏

站在江边，遥望
你背影的远去
双眸泪茫茫
你走错了方向
那里只有烟雨，没有阳光

细数曾经的过往
每一缕清风，都无限芬芳
那记忆是流蜜的河
写满了诗和远方

不知是冷酷无情，还是
面如冰霜
我的疯狂，没能挽留你
远走他乡

曾经的风景
黯然失色，如此的荒凉
人去，烟雨微凉

自己的光阴里

心，何处安放

是随你漫游，还是……

掬一捧记忆的水

抛向远方

作者简介：

　　信鹏，男，"60后"，安徽涡阳人。安徽省作家协会新入会会员，亳州市作家协会会员，在报刊和网络平台发表诗歌500余首。

边走边唱

王永珍

古城墙下皆是白骨。月亮与我站在城外
——两个孤独的人

灯下捏泥人，想起西部的落日
是否和家乡的一样
我想。重新。做人
这一站到下一站
一条河流正流经我

寺前，不宜饮酒食肉
银杏收起自己的香肩
一滴红酒，在风的唇边荡漾了一下
我不喝酒。我只是爱上了
那些盛酒的杯子
人生有两次醉。一次是
在自己的故事里。一次是醉在别人的醉里
光阴里的故事稀里哗啦

年少时，我曾经背叛过生活
人到中年，我允许它

偶尔将我背叛
冻土如额上锁紧的皱纹
我把自己关在屋内
一个赤裸的孩子。没有秘密

朋友圈，继续曝光
走了一个，又走了一个
我们都有老年后遗症：牙齿松动
能咬下的只有月色
一半含在嘴里，一半放进药瓶
发间的闪电，剥开乌云的秘密
——大白天下

那个清晨我和你更像两条闪电
向更深的河流游去。我愿意
和你站在同一棵树上，一起开花
一起颤抖。我愿意，咬紧舌尖上
短而又短的人生
被不为人知的苦难，继续遮蔽

今宵酒肆，客满，许多鱼游在
一纸诗歌中。明朝再回人间

作者简介：

王永珍，财政工作者，曾在《齐鲁文学》（夏之卷）、《中国诗歌精选》《新安晚报》等刊物发表散文、诗歌等。

诗二首

陈蓓蓓

其一 春 风

这是三月
天空还没有回过神来
小院已满园春色

鸟鸣染绿所有的春词
大祭司的眼里
雨水饱满

最新鲜的情绪
嫩成了水豆腐
惹得春风

惹得春风远遁
等待春光围拢而来
才有爬山虎的响鼻
提醒我开窗
聆听鸟群诵诗

其二 立 秋

蝉鸣回归土地
凉意遍生
别急，世上有许多琴弦
有许多渴望
总会有弦音响起

我的果园
香气在赞美造物
被拣选的雨水
在浆果里跌入
另一种轮回

那么，来吧
秋风秋雨之后
世界已更为简单
让我当你们的雨露
为你们织云、布雨、施肥、归隐
就让我们互为影子吧

作者简介：

陈蓓蓓，安徽郎溪县人，供职于郎溪县农商行，郎溪县作协副主席兼秘书长。有文学作品散见于各大报纸刊物。

穿墙而过（外二首）

徐 盛

用拳头，敲击着墙。用手掌
拍打着墙。用头颅
撞着墙。仿佛只有如此
一个人的绝望，才能穿墙而过

门，是墙的一部分
它，隐匿在墙中。你无法看到
当一小部分墙，走动时
它，才是一扇门

门，代表了墙的三种姿态
它的原初，当然是墙的一部分
一扇门，半掩着，想象就产生了
有人，开始门缝里看人

一扇门，完全打开
好似门，获得了自由
但它，走不远
无法完全脱离一面墙

有人，穿墙而过
一扇门，抬眼望着那人
穿越过自己。就像自己
也穿墙而过一样

玻　璃

站在玻璃的后面。有时
我不是看窗外的景象，而是
巧遇了一只小小的昆虫

很多虫子，小小的可爱
只看到它们的背面。我却很想
看一看它们的正面。它们如此的娇小
怕一触碰，就鲁莽地伤了它们的身子
玻璃，无意中帮助了我

就像此时，我站在玻璃的后面
看到一只偶然，好似等待我已很久
它在玻璃上走走停停
仿佛置身于空无之境

雨后的玻璃，是如此的透明
从玻璃的另一面，才真切地
看清了：一只小小昆虫的正面
一块玻璃，帮助了一个人的局限

往　事

曾经。我把一粒种子
轻轻地，埋在土中
却长成一枚石子。是谁
把种子偷偷挖出，埋下一枚石子

曾经。我把一粒石子
误认为一粒种子，埋在土中
却开出花来。又是谁
把那枚石子悄悄挖出，埋下一粒种子

埋下石子的人，我早已忘却
埋下种子的人，至今也没有下落
从一枚石子出发，寻找到
一粒种子。要走上多远的路途——

把种子变为石子，不是魔术
这是人性之劣
让石子化为种子，这不是神话
而是一种仁爱，不为人知

作者简介：

　　徐盛，原名徐胜，安徽省巢湖市人。诗作散见于《黄河文学》《星星》《诗刊》《诗潮》《诗歌月刊》《安徽文学》《安徽日报》等，并有作品选入《新时期二十年诗选》《2018 中国诗歌选》等选本。《国家诗人地理》签约诗人。

夜 雨

梁后俊

夜深幽静

春风，从天际摇来了

一阵阵雨滴

敲打

寂寞、干渴的胸膛

湿漉漉的

如梦如醉

梧桐树氤氲

盏盏街灯

光芒含着雨丝

瑟瑟地

飘洒

夜归人的疲惫脸庞

仿佛冲淡了忙碌与困顿

夜雨

慢慢渗透

万物生长的梦境
生机勃发

作者简介：

梁后俊，天长市文联主席，创作的报告文学先后在《大时代文学》《滁州日报》等刊发，《小站花开别样红》《托起希望》《邮路长又长》被收入《文明之光》（安徽文艺出版社）。

乡　愁 (外一首)

蔡明菊

今夜，我的乡愁是月光里的蒙洼
淮河洪水过后，萝卜顶着露水萌出新芽
今夜，我的乡愁是月光里的村庄
涛声依旧，家园安详地泊在灯盏里

今夜，我的乡愁是柔软的萝卜干
母亲一刀一刀切出来的清脆和光芒
嚼一口，阳光和盐的味道刚刚好
经历了万千波澜，甘甜更加回味无穷

今夜，明月映亮天空的蓝
我的乡愁是一座小小的院落
母亲切着萝卜干，切着薄凉的夜色
溅起的碎末都成了天上的星子

空瓶子

落日将白天的瓶子
塞紧，封印
眼泪和悲伤，欢喜和微笑已不重要

句号结束了段落和过往

我摆出新的瓶子
一尘不染洁净如瓷
放明月进去，放梦境进去
透明的空里容得下所有透明的空想

一夜醒来
瓶子还在吗
明月还在吗

作者简介：

　　蔡明菊，笔名月满西楼。有诗歌刊发在《诗刊》《星星》《诗歌月刊》《绿风》《诗选刊》等。

扶贫拾得

孟令荣

鸟鸣虫吟
还有窸窸窣窣的风
从身后的画中弹出来
儿子沉醉的脸，翻飞的手
眼睛和思绪
琴键一样
静到黑白分明

而面前
是连接乡村和城市的路
高矮胖瘦
不同衣衫的车
喊着叫着追逐和交会
进行城乡的一些置换
犹如我今天凭责任
得到余香

坐在热闹和宁静的衔接处
我用热闹置换宁静

作者简介：

　　孟令荣，创作诗歌、散文、报告文学散见《诗歌月刊》《安徽改革开放 40 年风云人物》《党史纵览》《政协经纬》等文集、杂志。主编由安徽人民出版社出版的《中国共产党肥西历史》（第二卷）等。

一剪梅

牛中明

霾笼九州灯寒壁，
梦园不见，西楼风力。
身前笑语多瑶席，
饮时热闹，醒后沉寂。

家国两端心头绪，
提起诗笔，声声叹息。
回头又是一年路，
误了梅期，迟了雪期。

作者简介：

牛中明，电影导演编剧，中国电影家协会新文艺会员，安徽省电影电视艺术家协会理事，安徽省作家协会会员，河北美术学院影视学院特聘教授，金鸡奖青年导演计划成员，长三角电影编剧高级研修班成员，导演帮导火线计划成员，有作品多次获奖。

河 水

阿 吉

河水在极速地游走
在拐弯处带走泥沙
它们拍打沉默的石子
像寺庙里的钟声
苍凉、深远
远远落入祈祷的人群
在夜晚
它们不停地拍打
时间和人世
有人在唱赞美词
母亲在睡前祷告
流水穿过风声
不动声色地形成漩涡
它们尽数带走的光影
在你脸上
我看见遥远的回声
正缓缓地没入水中

作者简介：

吉爱华，笔名阿吉，安徽省作家协会会员，有诗集出版。

归 乡

夏 欢

上苍为我铺开细绢
鼓山笔落，旗山墨研
画一幅渔舟唱晚，还是洗耳池流水潺潺
画一幅雪夜归乡，还是倾城人绽放笑靥
你没见过的，永远是她绝世容颜

小城为我幻化仙境
卧牛起身，灵龟拜月
唱一首姑嫂对花，还是范亚父呕心沥血
唱一首天仙眷侣，还是好男儿出征离别
你没听过的，永远是她惊世盟约

流水为我行酒三番
紫薇洞前，银屏花开
写一句春风拂面，还是大丈夫横渡沧海
写一句纵横南疆，还是他乡客去而复返
你没参透的，永远是她济世胸怀

作者简介：

　　夏欢，"80后"，安徽省作协会员，有个人作品集出版。

爱的心

夏胜平

阳光温煦，我爱
月亮光明，我爱

我还爱，雨水的流淌
以及百鸟的叫声，这些
是我少年的闪电，又是
我青春的梦想

当我聆听熹微的晨光
当我翻过中午的阳光
当我泅渡潮湿的月光
当我披着炽亮灯光

当雪霜着我
以锋利的寒冷
当夜黑着我
以没顶的喑哑
我看见花的笑声
就在这个春天，爱的心

春风作扇，散花尘世的

任意一隅

作者简介：

夏风，实名夏胜平。安徽省作家协会会员，作品散见于《诗歌月刊》《人民日报》《世界日报》等百家海内外报刊。

在旌德县白地镇

黄先舜

初春是一段羞涩的时光
桃花欲言又止

阳台上，我与远山相视而坐
——这未曾光顾的盛宴

云雾在我们间自由聚散
思想在长久的沉默中一无所获

马头墙计白当黑
溢出哲学之光

这寂静的宣泄酣畅淋漓
如即将到来的雨季

作者简介：

黄先舜，诗歌作品发表于《诗选刊》《鸭绿江》《诗歌月刊》《文艺报》等期刊。

岁月的公道

李茂堂

多年想见
不曾相见
时光在遇见时
回溯、交汇
卷起千堆雪

我把河床上
所有的伤痕都给你看
还有沉船、贝壳以及
那年你丢失的发卡
你唤回所有的潮水
天际辽阔
你说，鱼鳞是月光织的
你说，所有的日子
都化身为鱼了

海水苍茫
咸涩微凉
所能庆幸的事物不多
我依然是月光的孩子

依然能被你认出
你依然愿意认出我

岁月有情且公道
他给所有的美好
颁奖，并给予最好的样子
额上的光亮
额下的眼角鱼尾纹
是星光的模样
是涟漪的模样

作者简介：

　　李茂堂，笔名李懋棠，1957 年生，安徽省濉溪人，中共党员，大专学历，金融经济师。已独自创作出版诗文集《悦心集》（光明日报出版社）、《生活之歌》（团结出版社）、《新时代之歌》（华夏出版社）三部。